G. Maout. L. Périand et H. Nolle

77

Les

Français au Tonkin

LES FRANÇAIS
AU TONKIN

PIÈCE MILITAIRE

EN CINQ ACTES, DIX TABLEAUX

Représentée pour la première fois, à Paris, sur le théâtre du Château-d'Eau,
le 9 février 1885.

DIRECTION DE M. MARCEL SIMOND

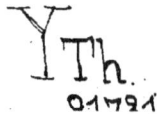

IMPRIMERIE GÉNÉRALE DE CHATILLON-SUR-SEINE, A. PICHAT.

LES FRANÇAIS
AU TONKIN

PIÈCE MILITAIRE

EN CINQ ACTES ET DIX TABLEAUX

DONT UN PROLOGUE

PAR MM.

GASTON MAROT, LOUIS PÉRICAUD

ET

HENRI NOELLET

PARIS

TRESSE, ÉDITEUR

8, 9, 10, 11, GALERIE DU THÉATRE-FRANÇAIS

PALAIS-ROYAL

—

1885

PERSONNAGES

LYEOU-YUEN-FOU.	MM.	Gravier.
DAUTREUIL.		
LUCIEN DAUTREUIL. }		Décori.
THÉODULE BLANCMIGNON		Mondet.
HOGARTH		Dalmy.
LE COMMANDANT		Reykers.
GOUPILLARD		Chamonin.
MACHICOT		Véret.
SYMPHORIEN GODIVARD.		Calvin fils.
SCHONG		Raymond.
LE GRAND-PRÊTRE.		Frumence.
CHÉ-KAO		Lafarge.
GIAM		Géniol.
CASIMIR		Dervet.
LE CAPITAINE DE FRÉGATE		Martinet
JOSEPH		Cavalier.
BAPTISTIN		Guillut.
UN CHEF DE PAVILLONS-NOIRS.		Armand.
LE CHIRURGIEN.		Rigaut.
UN MATELOT.		Paul.
TIBA	Mmes	Fromentin.
NITTIA.		Aline Guyon,
ELODIE		Koller.
CÉCILE.		Bauché.

Le prologue en 1866, sur les bords du fleuve Rouge ; la pièce en 188
le deuxième tableau, à Paris ; les autres, au Tonkin.

———

LES FRANÇAIS
AU TONKIN

PROLOGUE

PREMIER TABLEAU

LA FACTORERIE

Un site pittoresque sur les bords du fleuve Rouge. A droite, habitation
enfouie sous des arbres. Un large perron y donne accès. Une vé-
randah protège la façade de l'habitation contre les rayons du soleil.
A gauche, deuxième plan, une sorte de hangar avec grande porte
ouvrant de plain-pied sur le théâtre. Devant cette porte, une table
et des chaises. Au fond, un sentier tortueux monte et va se perdre
au milieu de grands arbres, à gauche.

SCÈNE PREMIÈRE

TIBA, puis, CÉCILE.

TIBA, berçant un enfant dans un hamac suspendu à gauche, premier
plan.

Dors, mon enfant, dors! Et que Bouddha veille sur toi!

1

CÉCILE, dans l'habitation.

Tiba!

TIBA, à elle-même.

La maîtresse!

CÉCILE, elle tient une petite corbeille; la voyant.

Ah! (En scène.) J'étais bien sûre de te trouver ici... près d'elle, toujours!

TIBA.

Oui, maîtresse!

CÉCILE.

Tu es une bonne mère, Tiba! J'ai pensé à ta fille, moi aussi, et je lui apporte...

TIBA.

Encore quelque friandise?

CÉCILE, lui présentant la corbeille.

Oui. Tiens!

TIBA.

Oh! Maîtresse, que tu es bonne! (Retirant la main tout à coup.) Non! non!

CÉCILE.

Prends donc!

TIBA, sombre.

Je vous remercie.... je ne veux pas! (A part.) je ne dois pas!

CÉCILE.

Tu refuses? Qu'as-tu donc?

TIBA.

Je n'ai rien, maîtresse, rien!

CÉCILE.

Alors, accepte!

TIBA.

Non!

CÉCILE.

Tu prives ton enfant d'un plaisir, d'une joie!

TIBA, embarrassée.

Maîtresse...

CÉCILE.

Cela me ferait croire que tu aimes moins ta fille que je le croyais!

TIBA.

Ah! (Prenant la corbeille.) Donnez! donnez!

Elle va la déposer dans le hamac.

CÉCILE.

A la bonne heure!.. Chère petite! Qu'elle est mignonne. On dirait un ange du bon Dieu!... (Revenant au milieu.) Tu es heureuse, Tiba, tu as ton enfant près de toi! Le mien est là-bas, en France!

TIBA.

Tu le reverras bientôt, maîtresse!

CÉCILE.

Je l'espère! Je retourne près de mon mari et de notre convive! Ah! si tu vois Baptistin, dis-lui de venir me parler!

TIBA.

Oui, maîtresse!

CÉCILE, à part.

Pauvre femme!

Elle sort.

SCÈNE II

TIBA, puis BAPTISTIN.

TIBA.

Et voilà celle que l'on m'oblige à trahir!.. Eh bien!

non! je ne le veux plus! Cela me répugne! Et, dès aujourd'hui, je veux m'affranchir de cette tâche odieuse!

BAPTISTIN, entrant par la droite, derrière l'habitation, il tient un panier rempli de verres qu'il dépose sur la table à gauche.

Là! voilà qui est fait!

TIBA.

Baptistin!

BAPTISTIN.

Ah! c'est toi, Tiba! Qu'y a-t-il?

TIBA.

La maîtresse te demande.

BAPTISTIN.

J'y vais! Il me fallait bien le temps de tout préparer pour recevoir l'équipage du *Crocodile*... un équipage français!... Français, entends-tu?... Au fait, non! Ça ne te dit rien, à toi, ce mot-là!... (Tiba passe à gauche sans même le regarder.) Pas causeuse, Tiba!

Il monte le perron et sort. On entend le cri du hibou.

TIBA.

Ah!

SCÈNE III

TIBA, GIAM, ANNAMITES, puis SCHONG.

Des Annamites, suivant Giam, entrent de tous côtés en rampant et se dirigent vers l'habitation. Giam et quelques-uns montent le perron et écoutent à la porte; d'autres gardent les côtés et le fond.

TIBA, à Schong qui est allé à elle.

Le maître vous accompagne-t-il?

SCHONG.

Non! Sir Hogarth viendra plus tard!

TIBA.

Je le verrai!

SCHONG.

Il veut que tu m'obéisses comme à lui-même!

TIBA.

Il veut? Et moi, je suis lasse!... Je ne veux plus!

SCHONG.

Ah! Et puis-je savoir pourquoi?

TIBA.

Parce que tu ne viens ici que pour y commettre une mauvaise action et que je ne veux pas être ta complice!

SCHONG.

Tiba!

TIBA.

J'aime ma maîtresse!

SCHONG.

Une Européenne!

TIBA.

Une femme! Une femme qui est bonne et que je défendrai, s'il le faut, contre votre lâche agression!

SCHONG.

Sir Hogarth avait prévu ce qui arrive. Il se méfiait de toi avec juste raison, je le vois, maintenant. Aussi, nous a-t-il donné ses instructions en conséquence et nous allons remédier à ta petite trahison!

Il la fait passer devant lui.

TIBA.

Qu'allez-vous faire?

SCHONG, désignant le hamac.

L'enfant!

Deux Annamites courent au hamac, prennent l'enfant endormi et sortent par le même plan.

TIBA, *qui veut courir sur eux.*

Ah!

SCHONG, *la retenant.*

Un cri, un mot, un geste, et ta fille est morte!

TIBA.

Ma fille! ma fille!

SCHONG.

Obéis et tu la reverras!

TIBA.

Mais.. où la conduit-on?

SCHONG.

Près du maître!

TIBA.

Et... il me la rendra?

SCHONG.

Les enfants de l'esclave appartiennent au maître. Tu la lui demanderas toi-même!

TIBA.

Ce n'était donc pas assez d'avoir tué le père, d'avoir forcé la mère à devenir une espionne, il fallait encore qu'il volât l'enfant!

SCHONG.

Ta fille lui répondra, désormais, de ton obéissance!

TIBA.

Ordonne!

SCHONG.

Quand le navire français part-il?

TIBA, *désignant Giam qui est sur le perron.*

Puisque Giam écoute, il va te le dire.

SCHONG, *à Giam.*

Eh bien?

GIAM.

Le commandant lèvera l'ancre à six heures, ce soir.

SCHONG.

Bien !

GIAM, écoutant toujours.

Ah !

SCHONG.

Quoi ?

GIAM.

M. Dautreuil l'accompagnera jusqu'au bord du fleuve.

SCHONG.

Parfait ! Les serviteurs de l'habitation ?

GIAM, qui est descendu désignant le hangar.

Ils font la sieste ! Mais bientôt, ils iront travailler dans les magasins.

CRIS, à droite dans le lointain.

Ohé ! De l'aviso ! Ohé !

SCHONG, à Tiba qui, désolée est revenue près du hamac.

On vient ! Veille et souviens-toi ! C'est à ce prix que tu reverras ta fille !

TIBA, relevant la tête.

Je veille et je me souviendrai !

SCHONG, il fait un geste, tous les Annamites sortent comme ils étaient venus. — A lui-même.

Sir Hogarth sera satisfait !...

Il disparaît.

SCÈNE IV

TIBA, puis GOUPILLARD, MACHICOT, MATELOTS.

TIBA.

Le maître m'a contrainte d'entrer au service de la

femme qu'il aime, de l'espionner, de le tenir au courant de tout ce qui se passe dans son habitation... je ne le voulais pas! Mais il m'y force! Il me prend mon enfant, ma fille!... Ah! je me vengerai, va! je me vengerai!

Elle tombe accablée sur une chaise.

GOUPILLARD, paraissant à droite et criant.

Par ici, gabiers, mathurins, apprentis mathurins, sans oublier les mousses, les moussaillons et tout le tremblement du bataclan! par ici!

MACHICOT, à la tête des matelots.

Présents, maître Goupillard!

GOUPILLARD.

Cric!

TOUS.

Crac!

GOUPILLARD.

Cuillère à pot!

TOUS.

Soupe à l'oignon!

GOUPILLARD.

A nous!

AIR.

C'est l'capitaine du Mexico,

TOUS.

Halli! halli! hallo!

GOUPILLARD.

Qui donne à boire à ses matelots,

TOUS.

Halli! halli! hallo!

GOUPILLARD.

A coups d'barr's d'anspec sur le dos,

TOUS.

Halli! halli! hallo!

GOUPILLARD.

Le capitaine du Mexico,

TOUS.

Halli! halli! hallo!

GOUPILLARD.

Hourrah! hourrah! La mer c'est beau,

TOUS.

Halli! halli! hallo!

GOUPILLARD.

Le capitaine du Mexico,

TOUS.

Halli! halli! hallo!

GOUPILLARD.

Silence dans les rangs et avancez à l'ordre (Tous s'approchent.) V'là d'quoi qu'y retourne : L'aviso le *Crocodile*, que nous avons l'honneur de monter, devant dérapper aujourd'hui même, le maître de cette cambuse, M. Dautreuil, un Français, a bien voulu nous offrir le coup du départ. C'est donc pourquoi moi, Goupillard, quartier-maître et professeur de gymnastique, je vous ai conviés à la seule fin de lever proprement le coude en l'honneur de notre compatriote.

TOUS.

Vive M. Dautreuil!

SCÈNE V

Les Mêmes, BAPTISTIN.

BAPTISTIN, sur le perron, tenant un panier rempli de bouteilles.

Bien dit, les enfants! Et voilà pour vous exciter à crier.

1.

TOUS, avec satisfaction.

Ah !

Ils entourent Baptistin et se rangent derrière la table à gauche.

GOUPILLARD, voyant Tiba.

Nom d'un mât de perroquet ! Pour des beaux yeux d'Annamite, v'là des beaux yeux d'Annamite ! Quel malheur que nous quittions la station ! (Lui pinçant la taille.) Eh ! eh ! (Tiba se lève et passe.) T'as-t'y de l'affection pour moi ?...

TIBA.

L'esclave déshonore l'homme libre en lui accordant :on amour !

GOUPILLARD.

Ça m'est égal ! Je consentirais tout de même à être déshonoré par toi.

Tiba se retire en le regardant avec hauteur.

MACHICOT.

Eh bien ! maître Goupillard, en v'là une que si ses yeux étaient des pièces de quatre, qui vous aurait rudement envoyé une bordée ! Oh ! ma chique !

GOUPILLARD.

C'est une femme, j'y peux rien dire ! Mais, nom d'un marsouin, si c'était aussi bien un homme...

BAPTISTIN, tout en débouchant les bouteilles.

Eh bien ! les enfants, est-ce que vous êtes tous là ?

MACHICOT.

Oui, sauf les hommes de quart qui sont restés à bord !

BAPTISTIN.

Ah bien ! ils doivent s'amuser !

MACHICOT.

Bah ! Nous leur dirons que nous avons bu à leur santé; ç i les consolera !

GOUPILLARD.

Pour une fichue consolation, c'est une fichue consolation! C'est égal, moi, qui me suis marié sous toutes les latitudes, j'en reviens à mon dire : c'est une belle femme tout de même que c'te Cochinchinoise!

MACHICOT.

Ah ben!... en v'là assez de l'amour tropical. C'est versé.

GOUPILLARD.

C'est versé?

MACHICOT.

Oui!

GOUPILLARD.

En ce cas, attention! (Ici, une douzaine d'Annamites dans les costumes desquels on reconnaît des travailleurs, sortent du hangar et vont s'asseoir au fond en regardant curieusement les matelots.) Tiens, v'là de la société!

BAPTISTIN.

Ne vous en préoccupez pas. Ce sont des Annamites chrétiens attachés à l'établissement!

GOUPILLARD.

Une variété de singes, quoi! Reattention. (Il prend son verre, tous l'imitent.) Montrons un peu à ces... messieurs comment l'on boit dans notre pays!... (Commandant.) Ouvrez l'écoutille! une! deusse et troisse! Larguez tout!

Ils boivent.

MACHICOT.

Vive le patron de la cambuse!

TOUS.

Vive le patron de la cambuse!

SCENE VI

LES MÊMES, DAUTREUIL, puis SCHONG.

DAUTREUIL.

Ah! ah! vous vous êtes rendus à mon invitation. Merci, mes braves!

GOUPILLARD.

Conséquemment, bourgeois, que ça n'aurait pas été gentil de vous refuser!... A un compatriote... nous, refuser quelque chose?... D'autant plus que nous avions l'autorisation de notre commandant!

DAUTREUIL.

Oui! oui! Je sais! un de mes bons amis de jeunesse que votre commandant Michelin!... Aussi, l'ai-je gardé à dîner avec moi!

GOUPILLARD.

Oh! alors! Nous allons reboire à sa santé!... (Voyant Schong qui s'est glissé à gauche et qui semble écouter.) Qu'est-ce qui nous veut ce cuivré-là, avec sa mine de conspirateur?

MACHICOT.

Oh! ma chique! En voilà une tête! J'en ai vu de pareilles à la foire au pain d'épices!

DAUTREUIL, à Schong.

Que viens-tu faire ici, toi?

SCHONG, froidement.

Moi, rien!

GOUPILLARD.

Si c'est pour ça, il y a de la place autre part!... Il est capable de faire tourner notre vin .. notre bon vin de France!

DAUTREUIL, à Schong.

Allons, va-t'en !

SCHONG.

Vous n'avez pas d'ordres à me donner; je ne fais plus partie de vos serviteurs !

DAUTREUIL.

Oses-tu bien me rappeler que j'ai dû te chasser? Oses-tu bien m'obliger à te reprocher tout ce que j'ai fait pour toi? Oui, tu es venu chez moi! oui, je t'ai confié la première place et tu n'as pas craint, toi, de me trahir. Tu as tout fait pour exciter mon personnel à la révolte! Pars! et ne me force pas à te faire sentir que j'ai pu pardonner sans oublier !

SCHONG.

Schong veut son pays libre et ne baisera jamais la main qui tient sa chaine!

DAUTREUIL.

Assez! Je n'ai que faire de tes chimères. La liberté que tu souhaites est celle de la brute, qui tue pour se repaître de sang. Garde-la! Mais si tu es poursuivi, traqué, torturé, ne t'en prends qu'à toi qui n'auras pas su comprendre que la vraie liberté est celle de la pensée!... Allons, pars!

SCHONG, à part.

L'heure de la vengeance est proche. Nous saurons bien chasser, à notre tour, ceux qui veulent nous asservir !

Il va sortir, quand Hogarth l'arrête.

SCÈNE VII

Les Mêmes, HOGARTH, qui entre par le fond gauche.

HOGARTH, à Schong.

Ne t'éloigne pas !

DAUTREUIL.

Monsieur !...

HOGARTH.

En vérité, cher voisin, vous êtes trop sévère, que diable !... Je connais Schong depuis longtemps et je le crois incapable d'une mauvaise action !

GOUPILLARD.

Eh bien ! ça m'a l'air d'une jolie connaissance !...

MACHICOT.

Oh ! ma chique !

HOGARTH, avec hauteur.

Il suffit, monsieur !

GOUPLLLARD.

Nom d'une gaffe ! Mais y m' déplait considérablement, c' t'insulaire !

Il fait un geste.

DAUTREUIL, le calmant.

Je vous en prie...

GOUPILLARD.

Alors, c'est pour vous ! (Aux matelots.) En route, vous autres ! Rallions le bord. (A Dautreuil.) Monsieur Dautreuil, c'est avec regret que nous vous quittons... mais il faut filer ! c'est la consigne !

DAUTREUIL.

Au revoir, mes amis, et bon voyage !

Il les reconduit au fond.

HOGARTH, à Schong qu'il a rejoint à gauche, premier plan.

Ils partent ?

SCHONG.

Dans une heure.

HOGARTH.

Aucun navire n'est en vue ?

SCHÔNG.

Aucun !

HOGARTH.

Tes hommes?

SCHONG.

Sont prêts.

HOGARTH.

Ils agiront?

SCHONG.

A mon premier signal!

HOGARTH.

Va !

SCHONG.

Je me glisse dans les hautes herbes. Dès que vous aurez besoin de moi...

HOGARTH.

Je t'appellerai!

SCHONG.

C'est bien !

Il sort par la gauche.

HOGARTH, à lui-même.

Et maintenant, il faudra bien que cette porte s'ouvre devant moi!

DAUTREUIL, aux Annamites qui sont restés au fond.

Allons, mes enfants, à la besogne!

Les Annamites sortent par le hangar.

SCÈNE VIII

DAUTREUIL, HOGARTH.

HOGARTH, à Dautreuil qui repasse pour rentrer chez lui.

Un mot encore, monsieur !

DAUTREUIL.

Soit! mais dépêchez, je vous prie. On m'attend.

HOGARTH.

Nous sommes les deux seuls Européens de ce village. Le même but nous a certainement éloignés de la mère-patrie et il m'eût été précieux d'obtenir, non pas encore l'amitié, mais au moins la sympathie d'un brave et loyal Français!

DAUTREUIL.

Je ne vous comprends pas, monsieur.

HOGARTH.

Il faut qu'une fatalité inconcevable pèse sur moi. Ma bonne volonté n'a recueilli jusqu'à présent que de la froideur, de la haine même et l'ardeur que je mets à me trouver sur votre route n'a d'égale que celle que vous mettez à me fuir!

DAUTREUIL.

Je ne vous fuis pas plus que je ne vous recherche, monsieur. Quant à de la haine... Dieu merci, je n'en ai pour personne!

HOGARTH.

Alors, monsieur, si je vous tendais la main?...

DAUTREUIL.

Je vous demande pardon, monsieur, mais je vous l'ai dit, on m'attend chez moi! Je suis fort pressé et...

Il va pour sortir.

HOGARTH, froidement.

Vous avez tort de me repousser!

DAUTREUIL, s'arrêtant.

En vérité!

HOGARTH.

Vous êtes venu ici pour faire votre fortune? Eh bien! je vous l'apporte, cette fortune : mes conseils, mon influence, ma puissance même! C'est tout cela que je veux mettre à votre service!

DAUTREUIL.

Mais, monsieur, je ne vous demande rien !

HOGARTH.

Je le sais. Mais je vous offre, moi. J'étais venu ici avec le désir de joindre mes efforts aux vôtres, de m'associer à votre entreprise, de faire enfin avec vous, ce grand trafic qui vous permettra de revoir riche, le pays que vous regrettez toujours. Refusez-vous encore ?

DAUTREUIL.

Cette marque d'intérêt me surprend ; je vous remercie.

HOGARTH.

Alors ?

DAUTREUIL.

● Je refuse !

HOGARTH.

Vraiment ? Et pourrais-je vous demander la cause de ce refus singulier ?

DAUTREUIL.

Votre commerce et le mien diffèrent absolument

HOGARTH.

Vous faites allusion, sans doute, à mon trafic de bêtes humaines ?

DAUTREUIL.

Pouvez-vous parler ainsi de créatures douées de raison !

HOGARTH.

Les esclaves ne sont pas des hommes ! Mais, laissons cela. Vous y viendrez vous-même !

DAUTREUIL.

Vous m'offensez, monsieur !

HOGARTH.

Je veux croire qu'un autre mobile vous oblige à repousser mes avances.

DAUTREUIL.

Peut-être !

HOGARTH.

Je me fais un devoir de l'entendre !

DAUTREUIL.

Je suis Français ! C'est assez vous dire que je vais droit au but ! Je suis loyal, vous avez eu la bonté d'en convenir vous-même. Je ne dissimulerai donc pas l'intention que j'ai de faire fortune... vite ! très vite ! Autrement que vous, cependant ! Je vous ai écouté et j'ai cherché le motif qui vous pousse à pénétrer chez moi. Je ne l'ai pas trouvé. Nous sommes confiants, nous autres Français, trop confiants même. Mais, comme il ne m'est pas encore parvenu que vos pareils aient l'habitude d'enrichir sans profit d'autres qu'eux-mêmes, je me tiens sur mes gardes. Adieu, monsieur, puisse votre épouvantable commerce vous enrichir. Quant à moi, je désire ne plus avoir de relations avec vous. Je refuse de remettre mon avenir entre les mains d'un homme qui va chercher sa fortune dans le sang et dans les larmes ! Adieu, monsieur !

Il sort.

SCÈNE IX

HOGARTH, puis TIBA.

HOGARTH.

Ah ! c'est ainsi ! Eh bien ! ta curiosité ne languira pas, car tu viens de hâter le dénouement. Niais que j'étais ! Ruser... offrir une fortune à cet homme ! Triple fou ! Je veux te ravir ton bonheur devant toi. Devant toi, entends-tu ? Je veux te voir impuissant et me demander grâce ! Aujourd'hui, tout sera fini ! Il le faut ! je le veux !

TIBA, entrant par la droite au-dessus de l'habitation.

Maître !

HOGARTH.

Ah ! c'est toi !

TIBA.

Ma fille ! on me l'a enlevée, ici, il y a un instant !

HOGARTH.

Par mon ordre !

TIBA.

Maître, rends-la moi !

HOGARTH.

Non !

TIBA.

Je te servirai aveuglément, je te le jure ! J'étoufferai le cri de ma conscience, si ma conscience se révolte encore. Je trahirai ma bienfaitrice ! Oui ! ma bienfaitrice ! car, tu ne sais pas comme elle est bonne pour moi et pour elle, pour ma fille ! Je continuerai à être infâme, puisque tu l'exiges. Mais, rends-moi mon enfant, qu'elle soit toujours à mes côtés, que je puisse la voir, que je puisse l'embrasser, que je puisse la serrer sur mon cœur. C'est mon espoir, c'est ma vie ! Car je suis seule au monde depuis que tu as fait mourir le père sous le bâton !

HOGARTH.

Il le méritait !

TIBA.

Il t'était dévoué !

HOGARTH.

Assez !

TIBA.

Ne me désespère pas !

HOGARTH.

Et si je te désespérais ?

TIBA.

Oh ! alors ! malheur à toi !

HOGARTH.

Une menace?

TIBA.

Tu ne sais pas quel sang coule dans les veines d'une femme de ma race? Je ne suis pas Annamite, moi; je suis Indienne! et l'Indienne sait haïr !

HOGARTH.

Que me fait ta haine? Brisons là! Ta fille te sera rendue, mais plus tard !

TIBA.

Plus tard?

HOGARTH.

Je me défie de toi! Cet enfant est mon otage, tu ne la reverras que lorsque j'aurai triomphé de la Française!

TIBA.

Je ne la reverrai plus alors, car la Française ne t'aimera jamais!

HOGARTH.

Tais-toi!

TIBA.

Non! Jamais! Je l'ai épiée par tes ordres et j'ai acquis la certitude que pas une de ses pensées n'appartient à un autre qu'à son mari!

HOGARTH.

Assez, te dis-je! Assez! Je veux qu'elle soit à moi, entends-tu? Et, si tu n'exécutes pas mes ordres, prends garde!

TIBA.

Tes menaces ne m'effraient plus! Je me révolte, à la fin! Prends-garde ! dis-tu? qu'ai-je donc à redouter? Tu m'as volé mon enfant! Crois-tu trouver un supplice plus épouvantable que celui que j'endure? Non!

HOGARTH.

Ce qui veut dire?

TIBA.

Ce qui veut dire que tu feras ce que tu voudras, mais que je ne te servirai plus auprès de la Française si tu ne me rends pas ma fille!

HOGARTH.

Un marché! Allons, esclave, courbe-toi! Tu m'obéiras, sinon ta fille paierait cher chacune de tes révoltes. Si tu me trahis, tu entendras dans ton être les cris de douleur de ton enfant!

TIBA.

Ah!... non! non!... Je t'en prie... maître! j'ai eu tort!... pardon! pardon!

HOGARTH.

On vient! Je te laisse! Pense à ton enfant!

Il sort par le fond gauche.

TIBA.

Misérable que je suis! Ah! pourquoi Dieu a-t-il mis un cœur de mère dans le corps d'une esclave?

Elle sort par la droite.

SCÈNE X

DAUTREUIL, MICHELIN, BAPTISTIN, CÉCILE.

DAUTREUIL, à Michelin.

Sans doute, cher ami, nous serons mieux ici pour prendre le café.

Ils se dirigent à la table et s'asseyent.

MICHELIN, en lieutenant de vaisseau.

Comme tu voudras, mais n'oublie pas qu'à six heures...

DAUTREUIL.

C'est bon! c'est bon! Tu as bien le temps!

MICHELIN.

Non pas! un ordre est un ordre et je dois m'incliner.

CÉCILE, versant le café que Baptistin vient d'apporter.

Alors, nous allons rester seuls encore, sans défenseurs?

DAUTREUIL.

Que crains-tu? Le pays est tranquille!

CÉCILE, au milieu.

Je ne sais, mais j'ai peur! Le capitaine Michelin et son équipage me rassuraient. Quand ils seront partis, il me semble que les naturels seront moins pacifiques, moins soumis!

MICHELIN.

En ce cas, il n'y a pas deux façons d'agir. S'ils se révoltent, de la poudre et du plomb!

BAPTISTIN, qui lui offre une boîte à cigares.

On les tue!

MICHELIN.

Parfaitement! Ah çà! tu ne m'as pas dit comment il se fait que tu te trouves ici... en plein royaume d'Annam?

DAUTREUIL.

Ce n'est point un mystère, cher ami. Il y a six ans, j'étais à Paris.

MICHELIN.

Pardieu! je le sais! C'est là que je te vis pour la dernière fois. Tu étais encore tout glorieux de monsieur ton fils qui venait de naître.

DAUTREUIL.

Oui. Cécile venait de me rendre père. J'étais heureux.

CÉCILE.

Et le malheur est venu!

DAUTREUIL.

Mais non pas irrémédiable! J'ai perdu une fortune, j'en

referai une autre! La pensée de mon fils m'a donné du courage. Et puis, aurais-je pu voir ma compagne chérie aux prises avec la misère?

CÉCILE.

Tu es bon, mon Henry.

DAUTREUIL.

Je voulus partir seul, d'abord. Peut-être aurais-je bien fait? Mais Cécile s'y est opposée. Qu'elle soit donc bénie pour son dévoûment! (Il l'attire à lui et l'embrasse.) Il ne fallut pas songer à emmener l'enfant. Nous le confiâmes au frère de ma femme et nous partimes... la main dans la main... sans échanger une parole et en nous cachant mutuellement nos larmes.

MICHELIN.

Dur sacrifice!

DAUTREUIL.

Les débuts furent malheureux. Longtemps, nous cher-châmes où dresser notre tente... dans l'Inde, à Sumatra, que sais-je? partout, nous étions devancés. Partout l'Anglais était maître! Ah! je t'avoue que j'aurais renoncé à la tâche si — les mères valent mieux que nous, vois-tu, mon cher — si ma vaillante amie ne m'avait toujours poussé en avant avec ce mot magique : Notre enfant.

CÉCILE.

A quoi bon rappeler tous ces détail ?

MICHELIN.

Vous ne voulez pas les entendre, madame, sans doute parce qu'ils sont à votre honneur.

CÉCILE.

Qui donc aurait encouragé mon mari? N'était-ce pas mon devoir? (A Dautreuil.) mon devoir et mon bonheur!...
Elle remonte et peu à peu disparaît à gauche.

SCÈNE XI

DAUTREUIL, MICHELIN.

DAUTREUIL.

Bonne et courageuse Cécile !... Je finis : Nous abordâmes enfin dans ce triste pays, car il n'est pas gai, hein ?

MICHELIN.

Oh non !

DAUTREUIL.

C'est ici, cependant, que le sort a cessé de m'être contraire. Une concession me fut accordée par l'Inspecteur du gouvernement français résidant à Mitto. Je plantai définitivement ma tente et à force d'énergie, de persévérance, je fondai ce comptoir qui commence à devenir important !

MICHELIN.

Et dans quelques années, un grand garçon, courageux comme son père, beau et bon comme sa mère, te tendra les bras... là-bas, en France !

DAUTREUIL.

Ah ! quelle joie ! quel bonheur !

MICHELIN.

Bref, tu prospères ?

DAUTREUIL.

Oui.

MICHELIN.

Et comme voisinage... Pas d'Européens ?

DAUTREUIL.

Si ! un Anglais !

MICHELIN.

Aïe !

DAUTREUIL.

Sir Hogarth à la tête d'un comptoir florissant... très florissant !

MICHELIN.

Tu es en relations d'affaires avec lui, sans doute?

DAUTREUIL.

Non! Et je n'y tiens pas. N'en parlons plus, veux-tu?...

MICHELIN.

Soit !

SCÈNE XII

Les Mêmes, CÉCILE.

CÉCILE, entrant vivement et à elle-même.

Il a voulu me parler... encore! J'ai fui !

DAUTREUIL.

Ah! voilà Cécile!

MICHELIN.

Je vais vous faire mes adieux.

CÉCILE.

Déjà?

MICHELIN, regardant sa montre.

Six heures ! Il faut lever l'ancre.

CÉCILE, à part.

Oh! j'ai peur !

DAUTREUIL.

Tu reviendras bientôt?...

MICHELIN.

Dans une quinzaine de jours. Des pirates nous ont été signalés, je vais croiser à l'embouchure du fleuve.

2

DAUTREUIL.

Puis qu'il le faut, séparons-nous donc!

Il met son chapeau et se dispose à sortir.

CÉCILE.

Tu me quittes ?

DAUTREUIL.

Je vais accompagner notre ami, je le lui ai promis.

CÉCILE.

Mais...

DAUTREUIL.

Encore une fois, que crains-tu?

CÉCILE.

Rien! rien! Cependant, j'aurais voulu te dire...

DAUTREUIL.

Je ne m'attarderai pas !

CÉCILE.

Reviens vite! vite !

DAUTREUIL.

Eh bien! Et moi qui vantais ta vaillance!

MICHELIN.

A bientôt, madame, et merci du coin de la France que
j'ai retrouvé chez vous !

Ils sortent.

SCÈNE XIII

CÉCILE, puis HOGARTH, puis TIBA.

CÉCILE.

Oh! cet homme! cet homme!... qu'arriverait-il, mon
Dieu, si Henry savait avec quelle audace il me suit... avec

quelle insistance il cherche à me parler ?... Me parler... pour me dire encore... Oh! le misérable! (Ici **Hogarth paraît**.) Ah! mais il faut que cela finisse cependant!

HOGARTH, qui s'est approché.

Je viens au-devant de vos vœux, madame!

CÉCILE.

Vous!

Elle veut rentrer.

HOGARTH.

Restez, je vous en prie!...

CÉCILE.

Je n'ai rien à vous dire!

HOGART.

Mais moi, j'ai à vous parler!

CÉCILE.

Je sais ce que vous me voulez ; dispensez-moi de vous entendre.

HOGARTH.

Soit. Cela abrégera l'entretien. Et que répondez-vous?

CÉCILE.

Que je vous défends de reparaître devant moi!

HOGARTH.

Colère de femme!

CÉCILE.

Colère de femme, dites-vous? Oui! Mais aussi colère d'épouse outragée. J'aime mon mari! J'aime mon mari, entendez-vous? Il saura bien, lui, me défendre contre vos lâches attaques. Bientôt, il saura tout.

Elle va pour sortir.

HOGARTH.

A votre aise! Alors veillez sur sa vie!

CÉCILE, s'arrêtant.

Sa vie?

HOGARTH.

Croyez-vous donc que mes précautions ne soient pas prises?

CÉCILE.

Ah! il le tuerait, le misérable!

HOGARTH.

Je vous aime! Tout m'est asservi, ici!... En ce moment, je ne crains rien car nous sommes seuls... bien seuls!... C'est en vain que vous appelleriez même votre servante!

CÉCILE, appelant.

Tiba! Tiba!

HOGARTH.

Vous ne me croyez pas?

CÉCILE, à Tiba qui paraît.

Ah! Tiba! viens me protéger!

HOGARTH, à Tiba.

Va-t'en! Je te l'ordonne!

Tiba sort en courbant la tête.

CÉCILE, terrifiée.

Il dit vrai! Tout m'abandonne!

HOGARTH.

Acceptez donc mon amour.

CÉCILE, avec dégoût.

Ah!

HOGARTH.

J'ai vu votre mari, je lui ai proposé de le rendre riche!

CÉCILE.

Infâme!

HOGARTH.

Que me font vos injures!... Oui, je lui ai proposé de m'associer à lui pour vous voir tous les jours, à tous les instants, pour vous faire puissante, honorée.

CÉCILE.

Honorée! Au prix d'un crime! De quelle boue êtes-vous donc pétri? L'honneur!... parlez-en donc!

HOGARTH.

Ah! c'en est trop, à la fin! Vous ne voulez donc pas voir que je suis prêt à tout? Je vous ai suppliée en vain! J'ordonne, maintenant!

CÉCILE.

Vous ordonnez?

HOGARTH.

Oui! Rien au monde ne saurait arrêter mes projets!

CÉCILE.

Assez! assez! votre audace aura son châtiment.

HOGARTH, s'approchant pour la prendre.

Cécile!

CÉCILE, se dégageant.

Ah! lâche! lâche! quelle femme ne vous cracherait pas son mépris à la face!

HOGARTH.

Prenez garde!

CÉCILE.

Je vous brave!

HOGARTH.

Et moi, je t'aime!

Il la saisit.

SCÈNE XIV

LES MÊMES, DAUTREUIL, puis BAPTISTIN, SCHONG, ANNAMITES et TIBA.

DAUTREUIL, bondissant par la droite.

Ah! bandit! c'était là le secret de ton infamie!

2.

CÉCILE, se jetant dans les bras de Dautreuil.

Ah! Henry! Henry!

DAUTREUIL criant.

A moi, mes fidèles!

HOGARTH, de son côté.

A moi, Schong!

> Baptistin un revolver à la main, accourt suivi des Annamites de la factorerie. Au même moment, Schong et ses hommes envahissent la scène.

HOGARTH.

Tuez! tuez! Mais ne touchez pas à la femme! c'est mon otage!

> Bataille pendant laquelle des Annamites ont désarmé Baptistin et terrassé Dautreuil qui se défend en désespéré. Cécile s'est évanouie. Un coup de feu met fin à la résistance de Dautreuil. Hogarth s'élance à son tour, saisit Cécile et l'emporte sur le praticable du fond.

HOGARTH.

Le feu partout! Qu'un monceau de ruines remplace cette habitation maudite! Je le veux!

> Les Annamites se répandent partout des torches à la main et incendient.

DAUTREUIL, se soulevant avec effort.

Cécile!... Cécile!... Ah!... je meurs! Qui donc me vengera?

TIBA, qui s'est approchée, sombre, le regardant.

Moi!

DAUTREUIL.

Ah!

Il meurt.

Rideau.

ACTE PREMIER

DEUXIÈME TABLEAU

LA RÉVÉLATION

Un salon à la maison dorée; porte d'entrée à droite, premier plan. — A gauche, autre porte. Au milieu du salon, une grande table que Casimir et Joseph finissent de dresser. — Piano, pendule sur la cheminée, etc... Au lever du rideau, bruits et appels de sonnettes.

SCÈNE PREMIÈRE

CASIMIR, JOSEPH.

JOSEPH, répondant à un appel de sonnette.

Voilà! voilà!

CASIMIR, de même.

On y va!

JOSEPH.

La! Tout est à peu près en ordre, je me sauve! N'oublie pas la consigne : ce salon est réservé.

CASIMIR.

Il ne ressemble pas à ceux qui vont y venir, alors; mais sois tranquille, personne n'entrera.

JOSEPH.

Oh! les nuits de bal à l'Opéra. (On sonne.) Voilà, voilà!

Il sort.

SCÈNE II

CASIMIR, puis ÉLODIE.

CASIMIR.

Quelle vie! quel enfer! quel paradis!... (Regardant la table.) Et quel coup d'œil!... En voilà un couvert!

ÉLODIE, costumée en domino, c'est-à-dire toilette de ville très élégante et une mantille de dentelle sur la tête.

Garçon !

CASIMIR.

On n'entre pas! On n'entre pas!

ÉLODIE.

Suis-je à la maison dorée?

CASIMIR.

Oui, madame, mais...

ÉLODIE.

Suis-je dans le salon numéro 16?

CASIMIR.

Parfaitement, madame, le 16, c'est ici, mais...

ÉLODIE.

Alors, j'entre et je reste.

CASIMIR.

Mais, madame, puisque c'est retenu...

ÉLODIE.

Je le sais fort bien !

CASIMIR.

Si vous le savez, madame, il est inutile d'insister. Ce salon est pris pour la nuit... j'attends la société qui doit venir... Eh bien! merci, que dirait M. Lucien Dautreuil!

ÉLODIE.

M. Lucien Dautreuil, c'est moi.

CASIMIR.

Comment, c'est vous? (A part.) Après ça, en carnaval...

ÉLODIE.

C'est moi, sans être moi... Enfin, vous n'avez pas besoin de comprendre.

CASIMIR.

J'ai deviné. (Avec malice.) Madame est de la bande?

ÉLODIE.

De la bande?

CASIMIR, souriant.

Oui. En ce cas, madame peut attendre.

ÉLODIE.

C'est bien heureux!

CASIMIR.

Madame peut se mettre à son aise. Les dames qui viennent ici se mettent toujours à leur aise. Tenez, il y a là un second cabinet dans lequel madame peut déposer ses vêtements.

ÉLODIE.

Mes vêtements? Comprends pas!

CASIMIR.

Madame veut rire... Si madame désire préparer son estomac par quelque liquide préalable?

ÉLODIE.

Oui, cela me fera passer le temps.

CASIMIR.

Madère, malaga, vermouth, absinthe?

ÉLODIE.

Un verre, de l'eau, du sucre et de l'eau de fleur d'oranger.

CASIMIR, riant.

De la fleur d'oranger ?... C'est pas la fleur de madame, je suppose.

ÉLODIE.

-Qu'est-ce à dire, drôle, sortez!

CASIMIR.

On y va, madame. (A part.) Qu'est-ce que ça peut être que cette femme-là? Bah! une boudinée, comme les autres.

Il sort

SCÈNE III

ÉLODIE, seule.

Voilà un homme dompté. Il a commencé par me parler légèrement, et il s'en va convaincu qu'il a eu affaire à un être supérieur. Ainsi, ai-je fait ce soir avec M. Théodule Blancmignon, mon mari... Il ne voulait pas me conduire à l'Opéra. Je lui ai dit : je le veux! il est nécessaire que je surveille notre neveu, le jeune Lucien Dautreuil!... Il a compris et il s'est incliné. Mais où est-il M. mon mari? qu'est-il devenu? Bah! la foule nous a séparés... ce salon nous réunira. Il a été convenu entre nous que nous viendrons ici surprendre Lucien. C'est vraiment beau ce bal de l'Opéra. Quelle foule! quel monde! Quelle splendeur! j'ai voulu y assister. J'ai voulu surtout étudier la femme jusqu'au milieu des fêtes les plus brillantes... je l'ai vue... forte et infatigable... Ah! que ne donnerais-je pas pour la faire sortir de la servitude où la tient une civilisation mal équilibrée? Oh! la femme libre, égale... Que dis-je, égale... maîtresse de

l'homme, guerroyant comme lui et contre lui... (S'exaltant.)
La voyez-vous là-bas, sur un coursier fougueux... la ca-
rabine au poing... le pistolet à la ceinture, les cheveux
au vent... belle, fière, libre, enfin !... Disant à l'homme :
incline-toi à ton tour, pygmée, tu n'es rien ! rien !...
rien !

SCÈNE IV

ÉLODIE, CASIMIR.

CASIMIR.

Le verre d'eau demandé.

ÉLODIE.

C'est bien. (Elle boit.) Garçon !

CASIMIR.

Madame ?

ÉLODIE.

Que pensez-vous des femmes ?

CASIMIR.

Les femmes... Oh ! là, là !

ELODIE.

Oh ! là, là ! c'est vague ! Et des hommes ?

CASIMIR.

Les hommes ? Je pense qu'ils sont rudement généreux
d'en nourrir tant que ça.

ÉLODIE.

Encore un comme les autres ! Alors, vous croyez que
les hommes... vont à la cheville des femmes ?

CASIMIR.

A la cheville... pour commencer... mais après je crois

que... Du reste, ici, à ce moment-là, on me flanque toujours à la porte.

ÉLODIE.

Ce garçon est fou !

THÉODULE, au dehors.

C'est bon ! c'est bon ! je sais...

CASIMIR.

Madame, c'est sans doute la société.

ÉLODIE.

La voix de mon mari !

CASIMIR, effaré.

Bigre ! cachez-vous !... Il va vous tuer.

ÉLODIE.

Pourquoi donc ? Ouvrez vite ! Laissez entrer ; c'est mon mari, vous dis-je ; vous n'entendez donc pas ?

CASIMIR, ébahi.

Mais, madame, il n'y a que les maris... des autres qui viennent ici !

ÉLODIE.

Hein ?

CASIMIR, à part.

Ah ! après tout, qu'ils s'arrangent ! (Il va ouvrir.) Entrez, monsieur. (Entrent Théodule et Symphorien ; à part.) Tiens, ils sont deux !

Il sort.

SCÈNE V

ÉLODIE, THÉODULE, SYMPHORIEN, toilettes de soirée.

THÉODULE.

Enfin, je te retrouve !

SYMPHORIEN.

Nous vous avons cru perdue.

ÉLODIE, dignement.

Quand une femme comme moi se perd, elle se retrouve toujours.

THÉODULE.

Oui, oui, c'est possible! mais quelle inquiétude.

ÉLODIE.

Vous êtes mesquin!... Est-ce que j'étais inquiète de vous, moi?

SYMPHORIEN.

C'est vrai, monsieur Blancmignon, madame n'a [pas l'air d'être inquiète.

ÉLODIE.

Parce que je suis forte! Oh! les femmes guerrières.

THÉODULE.

Oui! oui! Je la connais ta tirade.

SYMPHORIEN.

Les cheveux au vent...

ÉLODIE.

Oui!

THÉODULE.

Sur un coursier fougueux!

ÉLODIE.

Oui!

SYMPHORIEN.

Le pistolet au poing.

ÉLODIE.

Oui! oui! oui!

THÉODULE.

C'est pourtant ton coquin de neveu qui te tourne la tête avec ses récits de sauvagesses.

3

ÉLODIE.

Quelle petitesse de sentiments! Pouvez-vous appeler récits de sauvagesses les plus belles épopées d'un sexe généralement méconnu.

THÉODULE, à part.]

La voilà partie.

ÉLODIE.

Ah! que ne puis-je suivre Lucien dans ses longs voyages !

THÉODULE.

Eh bien, en voilà encore une idée!

ÉLODIE.

Vous n'aimeriez pas ça, vous?

THÉODULE.

Ah! mais non, je suis calme, moi !

ÉLODIE.

Trop !

THÉODULE.

Paisible!

ÉLODIE.

Trop!

THÉODULE.

Tranquille.

ÉLODIE.

Trop! trop! trop!

THÉODULE.

Mais enfin, qu'est-ce que tu attendais donc |de moi en m'épousant?

ÉLODIE.

Autre chose, voilà tout.

THÉODULE.

Je suis né botaniste! je mourrai botaniste! La science me réclame.

ÉLODIE.

La science n'exclut pas le devoir.

THÉODULE.

Je remplis le mien.

ÉLODIE.

Oh !

THÉODULE.

Dis donc, ma bonne amie, si nous nous en allions?

SYMPHORIEN.

Oui, madame Blancmignon, allons nous en !

ÉLODIE.

Quel motif avez-vous donc tous les deux à vouloir me faire partir d'ici?

THÉODULE.

Tu veux absolument le connaître?

ÉLODIE.

Oui !

THÉODULE.

Eh ! bien, c'est parce que Lucien ne va pas venir seul.

SYMPHORIEN.

Il y aura des femmes.

ÉLODIE.

Des femmes ?

THÉODULE.

Des femmes libres !...

ÉLODIE.

Libres !... Je vais donc en voir.

THÉODULE.

Oui, mais celles-là ont un singulier genre de liberté, et je ne tiens pas...

SYMPHORIEN.

Ah! les ravissantes créatures... qu'elles sont belles, ces femmes, quel parfum! quelle extase!

ÉLODIE.

Monsieur Symphorien!

SYMPHORIEN.

Que voulez-vous, madame, mon cœur pousse des soupirs et il lui pousse des ailes. Oh! l'amour...

THÉODULE.

Eh bien, c'est du joli!

SYMPHORIEN.

Ah! madame, je sens qu'il est d'autres passions que celles des herbages et puisque je me suis trahi, aidez-moi! aidez-moi!

ÉLODIE.

Comment vous aider?

SYMPHORIEN.

Madame, tel que vous me voyez, j'ai le cœur pris.

THÉODULE.

Ah! bah! vous, Symphorien?... un botaniste... mon élève.

SYMPHORIEN.

J'adore votre jeune amie, mademoiselle Léopoldine Duchalet.

ÉLODIE.

Vraiment?

SYMPHORIEN.

J'en suis fou! obtenez pour moi la main de cette charmante personne; mon cœur a des trésors ineffables pour elle.

THÉODULE.

Eh bien, mon ami, il ne vous manquait plus que cela!

ÉLODIE.

Mais, vous oubliez que Léopoldine est de mon école et qu'elle n'appartiendra jamais à un homme qui...

SYMPHORIEN.

A un homme qui ?... Mais je ne suis pas de ces hommes-là, moi.

ÉLODIE.

Enfin à un homme qui n'est encore qu'à l'état de graine !... Trop jeune, monsieur Symphorien ; vous n'avez pas encore assez vécu.

SYMPHORIEN.

Mais j'ai vécu vingt-trois ans de suite, madame.

ÉLODIE.

Sans vivre, mon ami !... Comme un oignon de tulipe.

SYMPHORIEN.

Eh bien, je vivrai madame, oh ! oui, je vivrai ! Dussè-je même en mourir.

THÉODULE.

Voyons, partons-nous, à la fin ? Lucien va arriver...

LUCIEN, au dehors.

Par ici ! par ici !

THÉODULE.

Là ! que disais-je ? nous sommes pris ; le voilà.

On entend des rires de femmes.

ÉLODIE.

Ah ! ce cabinet aux vêtements. Venez !

THÉODULE.

Mais, bonne amie...

ÉLODIE.

Ah ! vous allez vous taire, n'est-ce pas ?

THÉODULE.

Suivez-nous, Symphorien.

SYMPHORIEN.

Non, je reste !

ÉLODIE.

Hein ?

SYMPHORIEN.

Vous-même l'avez dit, madame... j'ai besoin de vivre, je vais apprendre.

THÉODULE.

Soit, restez, mais ne trahissez pas notre présence.

SYMPHORIEN.

Oh ! soyez tranquille !

> Elodie et Théodule sortent par la gauche.

SCÈNE VI

SYMPHORIEN, LUCIEN, PAUL DE THÈCLE, VICTOR DE
GILIS, EUGÈNE CARNEL, BOUTON D'OR, CLARISSE
LÉA, MISS JENNY, puis Les Garçons.

SYMPHORIEN.

Ah çà ! il y a donc vraiment besoin d'un apprentissage pour devenir un homme ?...

LUCIEN, entrant suivi des autres.

La table est dressée, bravo !

TOUS.

Mangeons !...

EUGÈNE.

Buvons, surtout.

TOUS.

Buvons !...

LUCIEN.

Mes amis, vous êtes mes hôtes. De la gaité, de l'entrain ! et vive le plaisir !

TOUS.

Vive le plaisir !...

BOUTON D'OR.

Il est charmant !

CLARISSE.

Adorable !

SYMPHORIEN, s'avançant.

Monsieur Lucien !

TOUS.

Un étranger !...

LUCIEN.

Monsieur Symphorien Godivard !... vous, ici !...

SYMPHORIEN.

Oui. Madame votre tante prétend que j'ai encore beaucoup de choses à apprendre et je suis venu à vous pour...

LUCIEN.

N'achevez pas ! j'ai compris ! je vous invite et si vous avez des dispositions...

SYMPHORIEN.

Oh ! j'en suis plein !

LUCIEN.

Cela ira tout seul !

SYMPHORIEN.

Merci. (A part.) Enfin ! Je vais donc sortir de ma graine.

LUCIEN.

Messieurs, je vous présente M. Symphorien Godivard, presque un ami d'enfance ! ce jeune naturaliste est le disciple et l'émule de mon illustre oncle, M. Théodule Blancmignon.

TOUS.

Vive Blancmignon !...

SYMPHORIEN, à part.

Et l'autre qui entend ça !...

LUCIEN.

Enfin, Symphorien est un botaniste pour qui les fleurs n'ont plus de secret, mais qui désirerait savoir de combien de pétales se composent nos délicates petites plantes, que le champagne arrose et qui ne s'épanouissent qu'à la lumière du gaz.

SYMPHORIEN, à part.

Quelle éloquence !

BOUTON D'OR, à Symphorien, lui tendant la joue.

Jeune homme, prenez votre ticket.

SYMPHORIEN, rougissant.

Oh ! mademoiselle...

BOUTON D'OR.

Allons... Mon époux permet.

Symphorien embrasse Bouton d'or.

TOUS.

Bravo !...

LUCIEN.

Et maintenant, cher monsieur Symphorien Godivard, vous êtes des nôtres.

MISS JENNY.

Mais il est très gentil, ce petit jeune homme. (S'approchant de lui.) Dites donc, qu'est-ce que vous voulez connaître dans la nature, monsieur ?

SYMPHORIEN.

Ange plus pur que les anges, fleur plus belle que toutes mes collections, mon cœur a soif !...

MISS JENNY.

Oui. Eh bien, votre cœur est comme ma personne... vous me direz le reste à table.

PAUL.

C'est cela !... de la poésie naturaliste... elle va s'entendre avec monsieur, miss Jenny !

MISS JENNY.

Je sens que j'étais née pour faire une éducation.

SYMPHORIEN.

Oh ! faites la mienne, je vous en prie.

MISS JENNY.

Je m'y engage.

LUCIEN.

Alors, tu me lâches !

MISS JENNY.

Oh ! pour un ami ! Et puis tu vas partir.

LUCIEN.

C'est vrai !... Allons, mesdames, à table ! Et tâchons de terminer gaiement une nuit si gaiement commencée.

TOUS.

A table !

Tout le monde se place. Lucien seul n'a pas de compagne, car miss Jenny s'est placée près de Symphorien, on mange. Les garçons font le service.

VICTOR.

Mon pauvre Lucien, te voilà veuf, ta Jenny s'est enfuie.

MISS JENNY.

Enfuie !... Non pas, je me dévoue, voilà tout, j'ai toujours su me dévouer.

EUGÈNE, à Lucien.

Enfin, si le veuvage n'assombrit pas ta gaîté !...

LUCIEN.

Ne craignez rien. D'ailleurs, il n'est pas dit que je resterai seul toute la nuit.

PAUL.

Ah bah !

LÉA.

Attendez-vous encore quelqu'un ?

LUCIEN.

Peut-être.

CLARISSE.

Voilà un peut-être qui promet.

BOUTON D'OR.

C'est une dame?

LUCIEN.

Assurément, mais c'est aussi une histoire.

TOUS.

Une histoire.

LUCIEN.

Oui, et qui n'a rien de secret.

LÉA.

Alors, raconte-nous ça.

TOUS.

Oui, oui, l'histoire! l'histoire!

LUCIEN.

Oh! je ne me fais pas prier. Depuis une semaine environ, une femme m'écrit tous les jours

SYMPHORIEN, à part.

Oh! le grand homme!

VICTOR.

Tous les jours?

LUCIEN.

Oui, à la même heure une lettre non signée dans laquelle elle me demande un entretien...

MISS JENNY.

Particulier?

LUCIEN.

Que tu es bête!

Tous rient.

BOUTON D'OR.

Mais pour quel motif te demande-t-on ce rendez-vous ?

PAUL.

Oh ! le motif !... Ah !... ah !... ah !...

Tous rient.

LUCIEN.

Bouton d'or a raison, car le motif, je l'ignore.

EUGÈNE.

Il n'est pas difficile à deviner.

LUCIEN.

Tu te trompes ; il paraît que c'est un entretien sérieux.

CLARISSE.

Alors la femme est vieille ?

BOUTON D'OR.

Laide !

LUCIEN.

C'est possible, j'ai refusé tout d'abord, comme vous le pensez bien. Enfin, obsédé par cette même demande, qui se répétait chaque jour, j'ai répondu...

PAUL.

Que ?

LUCIEN.

Eh parbleu ! que je lui accordais son rendez-vous, mais cette nuit, ici, à deux heures.

EUGÈNE.

A deux heures ?

CLARISSE.

Ça s'appelle un incident...

VICTOR.

Elle ne viendra pas !

LÉA.

Ce serait dommage.

LUCIEN.

Eh ! Qu'elle vienne ou non, que nous importe après tout ? La gaîté sombrera-t-elle pour cela ?...

TOUS.

Non ! non !

LUCIEN.

La vie est belle, messieurs, mangeons-la à pleines dents... sans remords du passé, confiants dans l'avenir. J'ai vingt-six ans... chacun de mes pas s'est fait sur des fleurs... A moi le monde ! A moi la gloire !... A moi l'honneur insigne de promener mon cher drapeau sur toutes les mers !

SYMPHORIEN.

Qu'il est beau !

LUCIEN

Ce souper est un souper d'adieux ; je vais partir. Nous reverrons-nous jamais ? Qui le sait ? Quel sort m'est réservé, là-bas... sur cette terre étrangère... dans ce pays d'Annam, où mes compagnons et moi allons combattre ? La mort, peut-être...

TOUS.

Ah !

LUCIEN.

Qu'elle vienne ! Elle me trouvera prêt à la recevoir !... En attendant, réjouissons-nous ! Aimons-nous ! Faisons la fête !... Je me sens plus joyeux que jamais !

BOUTON D'OR.

Lucien est gris !...

LUCIEN.

Eh bien ! oui, je suis gris !... A quel âge se grisera-t-on si ce n'est au mien ? Buvons ! nos poches sont pleines, vivons.

TOUS.

Vivons !...

On entend sonner deux heures.

PAUL.

Deux heures !

La porte s'ouvre brusquement. Tiba paraît grave dans son costume d'Annamite, tout le monde se tait.

SCÈNE VII

LES MÊMES, TIBA.

TIBA.

Lequel de vous est Lucien Dautreuil ?

LUCIEN.

C'est moi, madame.

TIBA.

Enfin ! je viens au rendez-vous que vous m'avez accordé.

MISS JENNY.

C'est la femme en question.

LUCIEN.

Ah ! c'est vous ? Je vais donc savoir ce que vous me voulez ?

MISS JENNY.

La belle question ! Madame veut une place à table. (Criant.) Un couvert pour la Chinoise.

Tous rient.

TIBA, solennelle.

Je veux vous parler de votre père, de votre mère.

LUCIEN, troublé.

De mon père, de ma mère ! ici ?

TIBA.

Est-ce moi qui ai choisi l'endroit et l'heure ?

BOUTON D'OR.

Ah ! mais, ça tourne au tragique...

CLARISSE.

Elle va nous faire pleurer.

Tous rient.

TIBA, avec plus de force.

Je veux vous parler de votre père qui est mort assassiné, de votre mère qui est morte de douleur et de honte
de l'outrage que l'assassin lui a fait subir.

LUCIEN, poussant un cri terrible.

Ah !

TIBA, aux jeunes gens.

Eh bien, riez donc, vous autres ! Leur fils a voulu un
lieu de débauche pour apprendre les grands secrets de
leur mort.

LUCIEN, hors de lui.

Vous connaissez ces secrets ?

TIBA.

Je ne suis ici que pour vous les révéler.

Tous se sont levés et écoutent respectueusement, dominés par Tiba.

LUCIEN.

Mais d'abord qui êtes-vous ? Ce costume ?...

TIBA.

Ce costume est le mien.

LUCIEN.

Le vôtre ?

TIBA.

J'ai traversé les mers pour vous voir, pour vous faire
entendre les terribles paroles qui vont s'échapper de mes
lèvres.

LUCIEN.

Ainsi, mon père... ma mère ?...

TIBA.

Sont morts assassinés.

LUCIEN.

Ah ! par qui ? dis-moi par qui, femme ; j'ai droit de le savoir.

SCÈNE VIII

LES MÊMES, ÉLODIE, THÉODULE, qui sont entrés sans bruit par la gauche, et écoutaient.

ÉLODIE.

Lucien !

LUCIEN.

Ah! vous ici?

ÉLODIE.

Oui!... J'étais venue pour...

THÉODULE.

Bonne amie!...

ÉLODIE.

C'est juste. Enfin, nous étions là, dans ce cabinet, j'ai entendu que cette femme allait te parler de ton père, notre place est auprès de toi.

LUCIEN.

Merci!... (A Tiba.) Continuez.

TIBA.

Il y a vingt ans, votre père avait presque refait sa fortune et votre mère n'avait qu'une pensée : son fils ! qu'une douleur : son absence.

LUCIEN.

Ma mère!... Ah! que n'est-elle restée auprès de moi qui ui aurais rendu au centuple ses caresses et son amour.

TIBA, sombre.

Un homme, un Européen, s'était épris d'elle follement.

LUCIEN.

De ma mère?...

TIBA.

Oui! mais elle, vertueuse, le repoussait avec mépris. Elle ne voulait pas prévenir son mari des poursuites du lâche. Elle redoutait un choc terrible entre ces deux hommes. Le bandit résolut d'en finir.

LUCIEN.

Il vit, n'est-ce pas?

TIBA.

Il vit.

LUCIEN.

Ah!

TIBA.

Pour assouvir sa coupable passion, il réunit les bandes éparses des Annamites rebelles et leur promit le pillage de l'habitation de votre père. Bien plus, il plaça comme servante, auprès de sa victime, une malheureuse esclave qui devait assurer son triomphe. Cette infâme trahissait sa maîtresse qui n'avait pour elle que compassion et amour.

LUCIEN.

Elle vit aussi, celle-là?

TIBA.

C'est moi!

LUCIEN, terrible.

Toi!

On retient Lucien.

TIBA.

Attendez. Je n'ai point encore fini.

LUCIEN, frémissant.

Après? après?

TIBA.

Ah! tout était bien ourdi! Des marins français venaient
de partir... votre malheureux père avait accompagné ses
chers compatriotes, lorsque apparut le bandit qui guet-
tait dans l'ombre : ce ne fut pas long, allez!... Tout ce que
le mépris peut inspirer d'injures, il l'a entendu de la bouche de votre mère, tout ce que les larmes et le désespoir
peuvent donner d'énergie, il l'a vu dans la résistance
qu'elle lui opposa... Mais que lui importait à lui? Au milieu de la lutte épouvantable, votre père revint... Comme
un lion qui défend sa lionne, il se précipita sur le lâche.

LUCIEN.

Mon père !

TIBA.

Mais les mercenaires accoururent à l'appel de leur chef,
ils incendièrent... ils pillèrent et, tandis que l'homme te-
nait dans ses bras votre mère évanouie, votre père tom-
bait sous les coups des assassins.

LUCIEN.

Oh !

TIBA.

J'ai assisté à cette horrible scène! Et à votre père, qui
au milieu des épouvantables tortures appelait Dieu, j'ai
promis vengeance.

LUCIEN.

Et cette vengeance a attendu vingt années pour se pro-
duire.

TIBA.

Cet homme, ce monstre, m'avait ravi ma fille!... C'est
là le secret de toutes mes lâchetés. Par ce que vous souf-
frez aujourd'hui comme fils, vous comprendrez peut-être
ce que j'ai souffert... ce que je souffre encore comme
mère... Ma fille devait mourir si je ne lui obéissais aveuglément, et je me suis courbée, et j'ai assisté, sans tenter
de les défendre, à l'agonie de votre père comme j'ai assisté
plus tard à celle de votre mère.

LUCIEN.

Ah!

ÉLODIE.

Lucien!

TIBA.

Tuez-moi! j'ai mérité la mort, mais j'ai tenu mon serment! Que me fait de mourir à présent, puisqu'il ne m'a jamais été donné de la revoir... elle... mon enfant!... J'ai espéré pendant ces longues années, j'ai prié, supplié mon bourreau... J'ai pleuré en me traînant à ses pieds. Il est resté inflexible... je n'ai rien obtenu! Alors, j'ai voulu le tuer! comme il était tout-puissant il m'a fait juger et emprisonner. Du fond de ma prison, j'ai juré de rechercher le fils de ses victimes et d'armer son bras en lui disant : voilà celui qui a tué ton père, torturé ta mère, tue-le à ton tour !

LUCIEN.

Oh! oui ! je le tuerai !

TIBA.

Aujourd'hui, ma fille est morte. Je n'ai plus rien à craindre de lui.

LUCIEN.

Où est-il?

TIBA.

Dans le royaume d'Annam, où, ruiné, il sert d'espion aux Anglais.

LUCIEN.

Son nom?

TIBA.

Sir Raoul Hogarth.

LUCIEN.

C'est bien. Désormais, cet homme m'appartient.

TIBA.

Adieu ! Nous nous reverrons là-bas, à Hanoï. Tiba saura te retrouver... et elle te guidera.

LUCIEN.

Ah! sur ce que j'ai de plus sacré au monde, je jure de venger mon père et ma mère!...

ÉLODIE.

Lucien, nous ne t'abandonnerons pas.

THÉODULE.

Cher et malheureux enfant! notre pensée t'accompagnera partout.

ÉLODIE.

Notre pensée! Et pourquoi pas nous-mêmes?

THÉODULE.

Hein?

ÉLODIE.

C'est le mari de votre sœur qu'il s'agit de venger!...

THÉODULE.

Mais...

ÉLODIE.

Silence!

TIBA, à Lucien.

A Hanoï!...

LUCIEN.

A Hanoï!...

TIBA.

Oh! Il le tuera, lui!...

Rideau.

ACTE DEUXIÈME

TROISIÈME TABLEAU

LA PRÉTRESSE DE BOUDDHA

Une place publique à Hanoï. — Au fond, face au public une pagode,
au sommet de laquelle flotte le drapeau des Pavillons-Noirs.
C'est jour de marché, la population tonkinoise est sur pied. Il y a des
vendeurs de grains, de légumes, de fruits, de riz, de thé, d'indigo,
de raisins, de volailles, de poissons salés, les marchands traitent entre
eux, tableau très animé. — Au lever du rideau, un prisonnier portant une cangue, traverse de gauche à droite suivi de la foule qui
le hue.

SCÈNE PREMIÈRE

SCHONG, CHÉ-KAO, puis HOGARTH

SCHONG, entrant suivi de gardes.

Ché-Kao ?

CHÉ-KAO.

Que me veux-tu, Schong ?

SCHONG.

Lyeou-Yuen-Fou, mon fils, va sortir de la citadelle et se
rendre ici. N'as-tu rien à lui dire ?

CHÉ-KAO.

Rien. Tout est tranquille.

SCHONG.

Cette nuit, nous pourrons dormir en paix.

CHÉ-KAO.

Oh! dormir! si le grand chef est fatigué et dort lui-même.

SCHONG.

Il ignore la fatigue.

CHÉ-KAO.

Il est de fer !

SCHONG.

Il n'a que vingt ans et déjà serait long le récit de ses exploits !

CHÉ-KAO.

Cependant, au milieu de ses débordements, il n'oublie pas la guerre que nous faisons aux Français.

SCHONG.

C'est là peut-être son excuse. Il devrait être plus réservé, cependant ! Il repousse les conseils de son père et ne suit que ses instincts qui l'entraînent trop souvent dans la débauche et les orgies. Il faut que tout cède à ses moindres caprices ; il sème l'or comme un roi et répand le sang comme un tigre. La citadelle d'Hanoï garder longtemps le souvenir de ses exploits. Que de richesses y sont enfouies. Ah! si jamais les Français y pénétraient...

CHÉ-KAO.

Les Français? ils n'ont pas donné signe d'existence! leurs navires sont loin. Et ce n'est pas encore cette nuit qu'ils oseront tenter un débarquement pour attaquer Hanoï.

SCHONG.

Qu'en sais-tu?

CHÉ-KAO.

Nous avons nos espions. Sir Hogarth est venu; rien n'est à redouter.

SCHONG.

Sir Hogarth est venu et il est reparti sans l'ordre du grand chef?

HOGARTH, qui a paru sur ces derniers mots.

Tu te trompes, Schong, je l'attends.

SCHONG, à Ché-Kao et aux Tonkinois.

Eloignez-vous !

Tous remontent.

HOGARTH.

Eh bien, Schong, nous devions donc nous revoir?

SCHONG.

C'était écrit.

HOGARTH.

Tu m'as fidèlement servi dans le temps.

SCHONG.

Trop, peut-être! car, maintenant, j'ai peur d'avoir des remords.

HOGARTH, riant.

Ah! ah! ah! des remords, toi?

SCHONG.

Oui, non pas d'avoir détruit la maison de l'Européen... du Français... Il était venu s'imposer au milieu de nous et Schong ne veut pas d'étrangers sur son sol.

HOGARTH.

Alors, c'est toi qui me dois de la reconnaissance ?

SCHONG.

L'influence que je commençais à avoir sur les miens, s'est accrue tous les jours; j'ai réuni les bandes de pirates du fleuve Rouge; j'en ai fait une armée; à cette armée il fallait un chef... un chef implacable... Ils ont nommé mon fils.

HOGARTH.

Lyeou-YUEN-FOU est ton fils?

SCHONG.

Tu l'ignorais?

HOGARTH.

Oui!...

SCHONG.

Tu vois que par lui je suis tout-puissant. Il m'a honoré d'une part de son pouvoir et je suis tout après lui.

HOGARTH.

Tant mieux pour toi!

SCHONG.

J'ai incendié, jadis, par ton ordre, l'habitation du Français comme je tuerai sans regret tous nos ennemis!... Mais la femme ne mourut pas. Qu'est devenue la femme?

HOGARTH.

Qu'est-ce que cela te fait?

SCHONG.

Je veux le savoir!... Tu prétends nous servir... Es-tu capable de tenir un serment?... As-tu rempli le tien auprès de celle que je t'ai laissé prendre en échange de l'homme?

HOGARTH.

J'ai fait un serment, moi?

Tiba paraît.

SCHONG.

Oui.

HOGARTH.

Je ne m'en souviens plus!

SCHONG.

Alors, je vais t'aider, je me souviens, moi. Tu m'as dit : Schong, il faut que cette femme m'appartienne : car je l'aime. Reprends sur le Français le sol dérobé à ton pays et je remplacerai, moi, auprès de la Française, celui que tu auras fait disparaître. Sans doute, tu l'as laissée à l'extrême Occident? Tu ne réponds pas?

SCÈNE II

Les Mêmes, TIBA.

TIBA.

Je vais répondre pour lui!

HOGARTH.

Tiba!

SCHONG.

L'esclave!

TIBA, à Schong.

La femme dont tu parles est morte... morte, entends-tu? Il le sait bien, va!... Dis-lui donc de te raconter son agonie...

HOGARTH.

Tiba, tu paieras cher...

TIBA.

Je n'ai plus rien à craindre! (A Schong.) Cette femme est morte, morte en donnant le jour à un fils.

SCHONG.

Je le sais.

TIBA.

Demande-lui donc aussi ce qu'est devenu cet enfant?

SCHONG.

Il ne me répondrait pas! Il l'ignore!

TIBA.

Tu as été complice d'une abominable action, Schong.

HOGARTH, riant.

Ah ! ah ! ah ! ah ! tu vas révolutionner la conscience de Schong, l'incendiaire devenu honnête homme, le paria devenu tout-puissant.

SCHONG.

Oui ! pour ton châtiment, peut-être.

TIBA.

Je l'ai suivi, moi, dans l'ombre. J'ai assisté à sa ruine, j'ai vu son acharnement à poursuivre les deux témoins du crime : toi et moi ; tu avais disparu et moi, il me faisait jeter dans les prisons, mais j'ai trouvé ma vengeance !

HOGARTH.

Ta vengeance ? Je saurai bien la déjouer.

TIBA.

Ne le crois pas ; car un autre qui a juré ta mort te frappera sûrement.

SCÈNE III

Les Mêmes, LYEOU-YUEN-FOU, suivi d'une escorte.

LYEOU.

Qui parle de frapper, ici ?

TIBA.

Moi !

LYEOU.

Toi, femme ? qui es-tu ?

HOGARTH.

Une folle que je châtierai.

LYEOU.

Moi seul ai le droit de châtier. (A Tiba.) Va-t'en !

4

TIBA, avant de sortir, à Hogarth.

Souviens-toi, Hogarth!

Elle sort.

HOGARTH, faisant un mouvement pour la suivre.

Ah!

LYEOU.

Reste!

SCÈNE IV

LES MÊMES, moins TIBA.

HOGARTH, avec rage.

Cette femme...

LYEOU.

Cette femme n'a que faire dans nos pensées. L'ennemi est sur le point d'envahir notre territoire. Il nous guette!... Le repousser, l'écraser, voilà désormais notre seul but!... Et nous y arriverons! Nous sommes les soldats de l'empire d'Annam! Il n'est pas jusqu'à l'empereur de Chine qui ne nous tende la main! Tous les jours, de nombreuses recrues viennent grossir nos rangs avec l'assentiment de leurs mandarins! Nous sommes forts et j'en suis fier, car c'est mon œuvre à moi!... Ces redoutables Pavillons-Noirs sont ma création.

HOGARTH.

Tu es grand, Lyeou!

LYEOU.

Grâce à lui!

Il désigne Schong.

HOGARTH.

Ah! c'est l'honnête Schong....

LYEOU.

Qui m'a fait ce que je suis. Oui! Il m'a inspiré la haine

de l'esclavage, le mépris des tiens et l'amour ardent de la patrie, merci, père !...Tu as fait un homme !... malheur à qui me résiste ! malheur à qui me trahira ! Quant à toi, prends garde ! La moindre imprudence te comptera comme trahison et j'ai juré de ne jamais pardonner à un traître.

HOGARTH.

Je suis sûr de moi !

LYEOU.

Bien !

HOGARTH.

Mais...

LYEOU.

Achève !

HOGARTH.

J'ai besoin de ma liberté. Or, il est des gens qui chercheront à attenter à mes jours, peut-être.

LYEOU.

Quels sont-ils ?

HOGARTH.

La femme qui était ici tout à l'heure, d'abord. Demande à Schong le nom de l'autre.

LYEOU, à Schong.

Parle, mon père !..

SCHONG.

Tiba a été cruellement torturée par lui !....Quant à moi, je tâcherai d'oublier.

LYEOU.

Je ne veux pas qu'on attente aux jours de cet homme. Tu m'entends, Schong? Je ne le veux pas !

SCHONG.

Tu es le maître !. J'obéirai.

SCÈNE V

Les Mêmes, CHÉ-KAO, puis GIAM et Quatre Annamites
portant un palanquin sur lequel est·NITTIA endormie.

CHÉ-KAO.

Chef !

LYEOU, vivement.

Ah !.. Eh bien ?

CHÉ KAO.

Tes ordres ont été exécutés.

LYEOU.

Enfin !..

CHÉ KAO.

La vierge des prêtres de Bouddha a été enlevée par
Giam et ses hommes.

LYEOU.

C'est bien... qu'elle vienne ! (Giam entre précédant les soldats
annamites qui apportent Nittia endormie.) Elle! c'est bien elle !
mais ce sommeil ?

GIAM, lui donnant un flacon.

Fais-lui respirer ceci et tu la verras forte, vaillante et
belle !

LYEOU.

Bien. Raconte-moi ce qui s'est passé.

GIAM.

La nuit dernière, après les ablutions dans l'étang sacré
de la pagode, les vierges sont rentrées. Nous avons attendu que tout fût endormi ; alors, nous nous sommes
avancés sans bruit, en rampant et nous avons enlevé Nittia. Elle s'est révoltée... nous avons étouffé ses cris. En-
suite, je lui ai fait respirer le philtre qui l'a endormie et
nous nous sommes mis en route.

LYEOU.

, Vous n'avez pas été poursuivis?

GIAM.

Personne ne s'est aperçu de l'enlèvement. Elle est à toi, grand chef.

LYEOU.

C'est bien! Je te récompenserai. Va rejoindre les tiens.

Giam s'éloigne.

HOGARTH.

Enlever une vierge de Bouddha, l'affaire est grave!.. Tu vas soulever les prêtres contre toi.

LYEOU.

Je leur donnerai de l'or, ils se tairont. Va-t'en! et sache à quoi t'en tenir sur les agissements des Français. (Tous s'éloignent et disparaissent. — Voyant Schong.) Va, père!

SCHONG.

Encore une folie.

LYEOU.

Le rachat de mes fautes, peut-être! Va, mon père, va!

Schong sort.

SCÈNE VI

LYEOU, NITTIA.

LYEOU.

La voilà donc celle pour qui j'ai voulu devenir célèbre et redouté... Le désir seul de te posséder, Nittia, a entouré mon front d'une sanglante auréole. Je commande et je suis obéi! Tout tremble devant moi! Et moi, je tremble devant toi de peur que tu ne repousses mon amour! J'ai toujours été méprisé, honni, chassé. Aujourd'hui, je

4.

prends ma revanche! je suis Lyeou-Yuen-Fou, devant qui tout s'incline et se prosterne! (La regardant.) Et je m'incline à mon tour devant toi, car tu es belle et ta vue me réjouit le cœur. (Lui faisant respirer le flacon.) Nittia!... Je t'aime.

NITTIA, se réveillant, promenant un regard effaré autour d'elle et apercevant Lyeou, avec effroi.

Ah!

LYEOU.

Ne crains rien de moi!

NITTIA.

Qui êtes-vous? que me voulez-vous?

LYEOU.

T'aimer!

NITTIA.

M'aimer?.. (Passant la main sur son front et tout à coup.) Ah!.. oui!... Je me souviens!... Ils m'ont enlevée...

LYEOU.

Enlevée des mains de ceux qui te retenaient captive, pour te donner la puissance!... pour faire naître en toi l'amour, car, vois-tu, Nittia, l'amour c'est la vie.

NITTIA.

Ah! taisez-vous! laissez-moi retourner...

LYEOU.

Avec tes prêtres de Bouddha qui t'atrophieront le cœur, qui martyriseront ton corps! Non pas! Il faut rester, Nittia, rester pour celui qui t'aime!

NITTIA.

Celui qui m'aime... Mais où suis-je? où m'a-t-on conduite?

LYEOU.

Au milieu des Pavillons-Noirs dont je suis le chef suprême, car tout fléchit devant moi, je suis libre, indépen-

dant ! Je suis le maître comme tu seras la maîtresse,
Nittia !

NITTIA.

Ah!... non ! non ! je ne veux pas ! je ne veux pas !

LYEOU.

Je t'aime !

NITTIA.

Vous me faites peur.

LYEOU.

Tu seras à moi !

NITTIA, tirant un poignard.

Un pas de plus, et je me tue.

LYEOU.

Te tuer ?

NITTIA.

Je le jure sur le grand esprit.

LYEOU.

Non!... Non! que me resterait-il de toi, qui est tout
mon être, toute ma pensée, toute ma vie ? Un cadavre ?
c'est ton cœur qu'il me faut, ce sont tes bras m'enlaçant,
tes lèvres me murmurant, je t'aime.

NITTIA.

Jamais !

LYEOU, fait un mouvement vers elle.

Ah!... (Nittia met la pointe du poignard sur son cœur.) Arrête !..
je ne veux pas que tu meures.

NITTIA.

Alors, laisse-moi partir.

LYEOU.

Non, je ne peux pas... je serai ton esclave, mais reste,
reste auprès de moi. Si tu savais comme ta vue me rend
heureux! Si tu savais comme un seul de tes regards a
de puissance... Nittia, Nittia, par pitié... ne me repousse
pas !

NITTIA.

Ton nom est arrivé jusqu'à moi. Qui dit : Lyeou-Yuen-Fou, dit meurtre et pillage !

LYEOU.

C'est pour toi que j'ai voulu être grand.

NITTIA.

Tu t'es abaissé.

LYEOU.

Sauve-moi ! sois mon conseil, mon guide. Arrête mes crimes !

SCÈNE VII

LES MÊMES, UN PRÊTRE DE BOUDDHA, suivi de peuple ; des soldats entrent par le côté opposé.

LE PRÊTRE.

Sacrilège !... Sacrilège !.. Mort à celui qui a osé toucher une prêtresse sacrée ! ! !

NITTIA, courant au prêtre.

Ah ! père, protégez-moi ! sauvez-moi !

LYEOU.

Qui es-tu, toi !... et qui te permet d'élever la voix ici ?

LE PRÊTRE.

Le prêtre de Bouddha est maître partout. On courbe la tête, quand il élève la voix ; car c'est la parole du Dieu qui naît par sa bouche.

LYEOU.

Il n'y a qu'un seul maître ici ; moi !

LE PRÊTRE.

Alors, ordonne que l'on me rende cette jeune fille.

LYEOU.

C'est par mon ordre qu'elle a été enlevée.

LE PRÊTRE.

Par ton ordre. Peuple, la pagode de l'étang sacré a été outragée. Cet homme a enlevé une des vierges de votre Dieu, le souffrirez-vous?

LE PEUPLE.

Non! non!

LYEOU.

Soldats, prenez dix de ces hommes ; emparez-vous de ce prêtre et que leurs têtes tombent à l'instant, là devant moi.

Les soldats s'élancent sur le peuple, prennent dix Annamites, et le prêtre.

NITTIA, se précipitant aux genoux de Lyeou.

Grâce! grâce! pour ces innocents.

LYEOU.

Non! ceux qui m'outragent meurent.

LE PRÊTRE.

Je ne veux pas de la grâce de cet impie. (A Nittia.) Relève-toi! Tu n'as à t'incliner que devant Dieu.

NITTIA.

Pitié! pitié!

LYEOU.

A genoux, tous!... (Au prêtre.) Je vais te prouver, prêtre, que l'on s'incline aussi devant moi.

LE PRÊTRE.

Je te brave!... Car si nos têtes tombent, elle te haïra elle que tu aimes. Il y aura toujours un ruisseau de sang entre vous.

LYEOU, interdit.

Elle me haïra!...

LE PRÊTRE, à Nittia, toujours agenouillée.

Prêtresse!... Je t'ai ordonné de te relever, de par mon caractère sacré, obéis-moi!...

LYEOU, avec rage.

Ah!

LE PRÊTRE.

Qu'il soit maudit sur la terre et dans la vie future celui qui a osé attenter à la majesté du prêtre, celui qui a osé flétrir de son souffle impur une vierge sacrée.

LYEOU, furieux.

Tuez-les! tuez-les tous!

NITTIA.

Eh bien! non! non!... je ne veux pas!... prends-moi, mais qu'ils vivent!

LYEOU.

Que dis-tu?

NITTIA.

Je dis que je veux épargner la vie de ces hommes!... que ce vieillard a été bon pour moi, qu'il m'a secourue, et que je ne veux pas qu'il meure.

LE PRÊTRE.

Nittia!

NITTA, avec force.

Je veux que vous priiez pour moi, père. Lyeou, tu m'as dit : sois mon conseil, mon guide, arrête mes crimes!

LYEOU.

Je te l'ai dit!

NITTIA.

Aurai-je réellement cet empire sur toi?

LYEOU.

Je te jure, Nittia, que je ne verrai en toi que ma fiancée! Je te jure que tes conseils seront religieusement suivis! Je te jure que tes ordres seront scrupuleusement exécutés!

NITTIA.

Tu me le jures?

LYEOU.

Sur la seule croyance que garde mon cœur ; sur mon
amour pour toi.

NITTIA.

Eh bien!... Fais-les libres et je suis à toi!...

LYEOU, avec joie.

Ah! (Criant.) Mettez-les en liberté! Mais que le prêtre
s'éloigne d'Hanoï!

LE PRÊTRE.

Nittia... Nittia !... tu trahis Dieu ! sois maudite.

NITTIA.

Et vous, père, soyez béni!

Les soldats emmènent le prêtre.

SCÈNE VIII

LES MÊMES, moins LES PRÉCÉDENTS, puis TIBA.

LYEOU.

Soldats, peuple, approchez!

NITTIA, à part.

Mon Dieu! soutenez mon courage!

LYEOU.

Ecoutez! et que mes paroles se gravent dans votre esprit! (Désignant Nittia.) Celle-ci sera respectée et honorée à
l'égal de moi-même! Qui l'offensera, mourra!

NITTIA.

Mais qui se repentira aura droit au pardon.

LYEOU.

Nittia!...

NITTIA.

Je le veux !

LYEOU.

· Soit ! (Haut.) que tout resplendisse à la citadelle d'Hanoï ! Lyeou-Yuen-Fou veut une fête.

NITTIA, à elle-même, douloureusement.

Une fête !

TIBA, qui est entrée et qui est descendue près d'elle, bas.

Prends garde, jeune fille.

NITTIA.

Je suis résignée.

TIBA.

Ah !

LYEOU, tendant la main à Nittia.

Viens, Nittia, viens !

TOUS.

Vive Lyeou-Yuen-Fou !

On entend au loin les clairons qui sonnent la charge.

SCÈNE IX

LES MÊMES, CHÉ-KAO.

CHÉ-KAO, accourant suivi de soldats.

Les Français !...

TOUS.

Les Français !

LYEOU.

Aux armes !

CHÉ-KAO.

Et cette jeune fille ?

TIBA.

Je veillerai sur elle.

LYEOU.

Et moi, je la protégerai.

NITTIA, à Tiba.

Non! Laissez-moi! la mort sera ma délivrance.

TIBA.

La mort? à ton âge, non!

Pendant ce temps les Pavillons-Noirs se sont armés.

LYEOU.

Soldats, songez que les hommes que nous combattons ont des vaisseaux gorgés d'or. Quand nous les aurons vaincus, cet or vous appartiendra! En avant!

TOUS.

En avant!...

On entend le canon.

SCHONG.

Le canon.

CHÉ-KAO, rentrant.

La citadelle est cernée.

LYEOU.

A moi, les Pavillons-Noirs!

SCÈNE X

LES Mêmes, LUCIEN, GOUPILLARD, MACHICOT, Matelots français, Turcos et Soldats d'infanterie de marine, puis Le Commandant MICHELIN.

LUCIEN.

En avant, mes braves!

5

LES FRANÇAIS.

En avant!

L'action s'engage à l'arme blanche, les Pavillons-Noirs reculent.

TIBA, reconnaissant Lucien.

Ah!

LUCIEN.

Tiba!

GOUPILLARD, à Lyeou.

Rends-toi! On ne te fera pas de bobo.

LYEOU.

Me rendre!... Allons donc!

Il est entouré et se bat en désespéré.

MACHICOT.

Est-il entêté, ce Chinois-là! Oh! ma chique!

GOUPILLARD.

Allons, mon vieux, faut en finir.

Il s'élance sur lui et le maintient en lui immobilisant le bras.
Machicot le désarme.

LYEOU.

Schong, je suis vaincu. Nittia! Nittia! qu'elle ne tombe
pas vivante entre leurs mains! Tue-la, père!

Schong lève son arme sur la jeune fille que Tiba protège.

TIBA, poussant un cri.

Ah!

Lucien s'est élancé, a envoyé Schong rouler au loin et va à
Nittia.

LUCIEN.

Ne craignez rien, mon enfant, les Français ne tuent pas
les femmes!

TIBA, tenant Nittia dans ses bras.

Elle est sauvée!...

Sonnerie de clairons, de toutes parts les Pavillons-Noirs sont terrassés.
Un officier de marine paraît au sommet de la pagode du fond, enlève
le drapeau des Pavillons-Noirs et y substitue le drapeau français.

SCÈNE XI

LES MÊMES, LE COMMANDANT, en costume de capitaine de
vaisseau.

LE COMMANDANT, paraissant entouré de ses officiers.

Mes amis, vous avez bien mérité de la patrie. Hanoï est
en notre pouvoir. Vive la France!

TOUS.

Vive la France!

Rideau.

QUATRIÈME TABLEAU

AUX AVANT-POSTES

Site marécageux couvert de hautes herbes. — A gauche, l'habitation de Tiba, une misérable cabane enfouie dans les joncs.

———

SCÈNE PREMIÈRE

GOUPILLARD, MACHICOT, SYMPHORIEN, ce dernier en soldat d'infanterie de marine.

GOUPILLARD, paraissant à droite, la baïonnette en avant.

Attention, Machicot!

MACHICOT, le suivant escorté de Symphorien.

Je t'emboîte, ma vieille!

SYMPHORIEN, pris dans les herbes.

Aïe! aïe!

GOUPILLARD.

Qu'est-ce qu'il y a, troupier?

SYMPHORIEN.

Il y a que j'enfonce, matelot!

GOUPILLARD.

Faut s'y faire, troupier! Chaque pays a ses goûts! C'est la mode, ici, d'enfoncer dans le limon!

SYMPHORIEN, cherchant à se désembourber.

J'y suis trop dans la limonade! on va me prendre pour
une plante marine!

MACHICOT, lui tendant la crosse de son fusil.

Hâle là-dessus, fiston, et sors de ton pot!

SYMPHORIEN, s'aidant du fusil.

M'y voilà! Ouf! quand on pense que c'est l'amour qui
me fait faire ce métier-là!

GOUPILLARD.

L'amour de la guerre? Bien, ça!

SYMPHORIEN.

Non, l'autre!

GOUPILLARD.

L'autre? connais pas!

SYMPHORIEN.

L'amour d'une femme!

MACHICOT.

Est-il jeune! Oh! ma chique!

SYMPHORIEN.

Il n'y a pas de chique là-dedans. Il y a une affaire de
cœur et de sentiment. On m'a signifié que je n'obtiendrais
celle que j'aime que lorsque j'aurais fait mes preuves. Ça
a commencé à la maison dorée, au milieu d'une autre limonade, et ça continue au Tonkin... où ça finira-t-il?

MACHICOT.

C'est-y gentil les petits jeunes gens!

GOUPILLARD, qui a examiné au fond.

Personne! Attendons ici que les camarades soient dé-
barqués.

SYMPHORIEN, voyant la cabane.

Ah! fichtre de fichtre!

MACHICOT.

Qu'es à co, troupier?

SYMPHORIEN.

Regardez donc là !

GOUPILLARD.

Une cabane tonkinoise ! Gare aux pièges !

MACHICOT, écoutant.

On remue là-dedans !

GOUPILLARD.

Ouvrons l'œil et méfions-nous !

Tous les trois se retirent en marchant à reculons et prêts à faire feu,
arrivés au fond, ils se dissimulent dans les herbes.

SCÈNE II

LES MÊMES, TIBA.

TIBA, entrant avec précaution par la cabane et jetant un regard
autour d'elle.

Rien de suspect ! Les Pavillons-Noirs n'oseront pas s'a-
venturer jusqu'ici. A peine suis-je à une portée de fusil
de la citadelle qu'occupent les Français. Ah ! Lucien !
Hâte-toi !... hâtez-vous ! Prenez garde que cette citadelle
ne vous serve de prison ! toujours le retard ! Attendre !
attendre encore !... Quel supplice !... Ah ! c'est que je veux
la victoire des Français, moi !... Cette victoire, c'est ma
vengeance !... Bouddha ne permettra pas qu'il immole
encore le fils ! Lui, l'Anglais maudit !... (Désolée.) Attendons.

Elle se dirige vers la cabane et s'appuie à la porte comme si elle
regardait dans l'intérieur.

SYMPHORIEN.

Ça a l'air d'une femme.

GOUPILLARD, au fond à Machicot et à Symphorien.

C'en est une !

MACHICOT.

Que ça soit le diable si ça veut, j' vas le descendre!

Il couche Tiba en joue.

GOUPILLARD, lui relevant son fusil.

Respect au beau sexe, Machicot!

MACHICOT.

Du beau sexe, ici? Oh! ma chique!

SYMPHORIEN.

Moi, je suis pour la prudence, c'est dans ma nature.

TIBA, à elle-même.

Elle sommeille!

MACHICOT, qui s'est approché de Tiba.

Tiens! mais c'est notre alliée!

GOUPILLARD.

Machicot, t'allais faire une sottise! (A Tiba.) Comment que ça va, citoyenne Tiba?

TIBA.

Imprudents! pourquoi venir jusqu'ici?

GOUPILLARD.

Pourquoi? Ah ben! elle est pommée, celle-là!

SYMPHORIEN.

Si vous croyez que c'est gai de moisir entre les quatre murs d'une citadelle!

GOUPILLARD.

V'là c' que c'est : ce matin, le lieutenant nous a dit : Eh! les enfants, poussons-nous une petite reconnaissance?

MACHICOT.

Histoire de humer de l'air!

GOUPILLARD.

Accepté, mon lieutenant, que j'ai répondu en chœur et nous sommes partis.

TIBA.

Alors, vous n'êtes pas seuls?

MACHICOT.

Seuls! allons donc! Une vraie partie de plaisir, qu'on vous dit : y a même une dame.

GOUPILLARD.

Et une crâne! En v'là une qui devrait bien laisser de la graine!

SYMPHORIEN.

Je vous crois!

GOUPILLARD.

Elle a endossé un petit costume que c'est comme qui dirait une cantinière, sans que ça soye une cantinière. C'est... c'est... enfin, c'est un costume qui lui va comme si qu'on l'avait mesurée pour la faire entrer dedans.

MACHICOT.

Ce qu'elle est tapée là-dessous, oh! ma chique!

SCÈNE III

Les Mêmes, THÉODULE, puis ÉLODIE et Une Douzaine de Matelots et de Soldats d'infanterie de marine, commandés par LUCIEN.

THÉODULE, entrant.

Ah! vous voilà! dites donc, militaires, vous n'avez pas vu ma femme?

SYMPHORIEN.

Tiens! le patron.

GOUPILLARD.

Comment, malheureux! vous vous êtes séparé du groupe? Si les Pavillons-Noirs vous avaient surpris...

THÉODULE.

Je leur aurais dit : mes amis, j'herborise, je suis en train de collationner mes groupes en familles naturelles, j'ai classé déjà les graminées, les ombélifères, les crucifères, en ce moment, je m'occupe des légumineuses.

GOUPILLARD.

Eh bien! je crois qu'avec vos légumineuses, ils vous auraient envoyé léguminer ailleurs.

THÉODULE.

Non! ils auraient respecté la botanique.

ÉLODIE, entrant.

Rien de nouveau, mes braves?

MACHICOT.

Rien de rien, madame not' collègue!

ÉLODIE.

Tiba!

Elle veut lui prendre la main.

TIBA.

Je ne suis pas digne de votre amitié! il n'est pas vengé lui, le fils des victimes.

ÉLODIE.

Ah!

TIBA.

J'espère bientôt chasser de mes rêves, ces horribles souvenirs! J'espère bientôt effacer cette tache de sang que la main de l'assassin a imprimée sur la mienne.

LUCIEN, qui est entré.

Tu ne la feras disparaître, Tiba, que le jour où te me mettras en présence de cet homme.

TIBA.

Je te l'ai promis... je tiendrai ma parole, mais je vous en conjure, ne vous exposez pas davantage. Il y a tout à craindre des Pavillons-Noirs! Ils se glissent dans les hautes herbes... rampant comme le serpent et fondent sur leur proie comme le tigre.

5.

THÉODULE.

Tu entends, Élodie? comme le serpent... comme le tigre!... Rentrons!

ÉLODIE.

Si le cœur vous en dit, monsieur mon mari, voilà le chemin de la citadelle. Allez! Je protègerai votre retraite!

SYMPHORIEN, qui s'est assis.

O Léopoldine! Léopoldine!

ÉLODIE.

Hein?

SYMPHORIEN.

Ne faites pas attention! Je pense à mes amours... ça me donne du courage!... Oh! Paris! quand te reverrai-je?

THÉODULE.

Oh! mon laboratoire!...

SYMPHORIEN.

Eh bien! on peut dire que je la fais, la noce! ah! quelle noce! Si, après ça, je ne suis pas un homme, il n'y aura plus que vous, madame, pour m'apprendre ce que j'aurai à faire!

THÉODULE.

Mon ami, j'ai découvert une anémone grandiflora.

Ils parlent bas.

LUCIEN.

Allons, poussons plus loin notre reconnaissance!

ÉLODIE.

Quand vous voudrez, mon lieutenant! En avant! arche!

GOUPILLARD.

Quelle femme! quelle femme!

MACHICOT.

Oh! ma chique!

Tous sortent par la gauche.

THÉODULE, sortant le dernier, aperçoit une plante et veut se baisser pour la regarder; son revolver le gêne.

Diable d'outil! (Il le retire de sa ceinture, ne sait où le mettre et finalement le serre sous son bras, cueillant la plante.) Une plante que je ne connais pas, ô bonheur! voyons donc si parmi ces herbes...

Il disparaît lentement courbé comme un homme qui herborise.

SCÈNE IV

TIBA, NITTIA.

NITTIA, qui est entrée par la cabane et qui au fond, regarde partir Lucien.

C'est lui! lui!

TIBA.

Nittia!

NITTIA.

Laisse, Tiba! Il me semble que je lui paie ma dette de reconnaissance!

TIBA.

Pauvre enfant!

NITTIA, descendant.

Tu me plains?

TIBA.

Si tu ignores l'amour, Nittia, garde ta sainte ignorance. L'amour, une joie pour cent douleurs!

NITTIA.

Que dis-tu?

TIBA.

Des vérités qu'à ton âge on n'écoute pas...

NITTIA.

Je ne l'ai vu qu'une fois... le jour où sa main a détourné le fer qui me menaçait !... J'ai jugé qu'il est brave. L'amour, une joie pour cent douleurs, dis-tu? sa pensée m'a rendue cent fois joyeuse et j'attends encore la douleur !

TIBA.

Malheureuse enfant ! Prends garde qu'elle ne vienne !

NITTIA.

Et, d'ailleurs, que pourrais-je craindre ? Penses-tu que la vierge de Bouddha ira offrir son cœur ? Non ! elle est fière, vois-tu, et, la pauvre Nittia, qui ne connaît pas sa patrie, la pauvre Nittia, fût-elle plus misérable encore, n'avouera son amour à celui qu'elle aime que le jour où celui-là lui donnera le sien en échange.

TIBA.

Tu ne connais pas ta patrie, dis-tu ?

NITTIA.

Non. J'ai été jetée au milieu du chemin et ramassée par un homme qui, m'a-t-on dit, se nommait Tché-ou. Il se peut que je sois de ce pays. Mais mon histoire, en passant de bouche en bouche, me fait plutôt naître dans le royaume d'Annam !

TIBA.

Dans le royaume d'Annam ?

NITTIA.

Enfant, j'ai été vendue. Quand ceux qui spéculaient sur moi étaient déçus dans leurs espérances, ils me repoussaient du pied comme le chien dont on veut se débarrasser !... ils me regardaient ; soit compassion, soit nouveau calcul, ils m'emmenaient ; j'arrivai ainsi, jusque dans la ville sacrée où règne le fils du ciel... j'étais âgée déjà... cinq à six ans... Là, mes souvenirs deviennent plus précis. C'était à l'époque de la grande famine. Je n'oublierai jamais l'aspect de cette ville immense où des ossements humains jonchaient les rues ; on vendait les en-

fants... On avait faim ! J'allais mourir de cette mort
épouvantable... déjà le couteau était levé sur moi...

TIBA.

Ah !

NITTIA.

Quand un prêtre de Bouddha m'arracha des mains du
famélique qui me convoitait et m'entraîna dans sa pagode. Il ouvrit mon esprit, cultiva mon âme, m'enseigna
une morale de charité et d'amour que je n'oublierai jamais ! Je lui dois une dette éternelle de reconnaissance
que j'ai commencé à acquitter, car j'ai été assez heureuse
pour l'arracher au supplice qu'on lui destinait !... Pourquoi me regardes-tu ainsi ?

TIBA.

Parce que j'ai eu une fille ! parce qu'elle m'a été enlevée ! parce qu'elle est morte ! parce que tu me la rap-
pelles.

NITTIA.

Morte ! que ne suis-je à sa place ?

SCÈNE V

LES MÊMES, SIX PAVILLONS-NOIRS, surgissant des hautes
herbes.

LE CHEF, désignant Nittia.

La voilà !

TIBA.

Nittia ! tu ne me quitteras plus !

LE CHEF.

Tu te trompes, femme !

TIBA.

Ah !

LE CHEF.

Lyeou-Yuen-Fou ne sera pas toujours prisonnier des Français ; quand il reviendra, il retrouvera celle qu'il aime. (A ses hommes.) Emparez-vous de cette jeune fille !

TIBA.

Non ! non !

LE CHEF.

Si tu cries, je te tue.

TIBA.

Frappe-moi donc, car, vivante, tu ne l'arracheras pas de mes bras !

Elle se dégage et cherche à arracher Nittia des mains des Pa-villons-Noirs.

SCÈNE VI

Les Mêmes, THÉODULE.

THÉODULE, son revolver sous le bras, paraît au fond ; à lui-même.

Qu'est-ce donc ? Oh ! l'ennemi ! je suis perdu !

Il se dérobe.

LE CHEF.

Allons, finissons-en !

TIBA.

Lâches ! bandits ! misérables!

LE CHEF.

Je t'ai prévenue. Tu cries ? meurs !...

Il lève son couteau.

THÉODULE.

Mourir! ah ! mais non! (Il prend son revolver et fait feu sur le chef qui tombe, criant.) A moi, les autres Français ! Batail-lon, en avant! Canonniers, à vos pièces !

LES PAVILLONS NOIRS.

Les Français ! Les Français.

Ils se sauvent.

TIBA, tenant Nittia dans ses bras et la déposant évanouie sur un
tertre.

Nittia... Mon enfant...

THÉODULE, à la même place, tremblant.

J'ai... j'ai... j'ai tué un homme! Est-ce possible! Moi ?...
Ah! mes jambes... mes jambes !...

Il défaille.

TIBA.

Qui nous a sauvées ? quel est le généreux protecteur?...
(Elle se retourne.) Vous, monsieur !

THÉODULE, assis à gauche.

Oui... oui... je crois... que c'est moi ! je n'en suis pas
bien sûr, cependant.

TIBA.

Oh! merci! merci!

THÉODULE.

Ne me remerciez pas... je ne l'ai pas fait exprès !

SCÈNE VII

LES MÊMES, LUCIEN, GOUPILLARD, MACHICOT,
SYMPHORIEN, ELODIE, SOLDATS.

LUCIEN.

Un coup de feu! Qu'y a-t-il?

THÉODULE.

Là !... là !... le vilain monsieur.

SYMPHORIEN.

Mort!

ÉLODIE.

Qui l'a tué ?

THÉODULE.

C'est !... c'est mon revolver !... J'étais là... tranquille-
ment à herboriser... je venais de découvrir un Politri-
chum Linnæa, quand tout à coup, j'ai entendu des cris...
je me suis approché... on voulait tuer... j'ai tué... Je suis
un grand coupable !

Des soldats enlèvent le corps du chef tonkinois.

ÉLODIE.

Ah ! Théodule ! il faut que je vous embrasse !

Elle lui saute au cou.

MACHICOT.

Cré chien ! C'est moi qui aurais voulu l'abattre le Tonkinois... rien que pour avoir la récompense !

GOUPILLARD.

Oui, mais voilà ! il t'a coupé l'herbe sous le pied, l'her-
boriste.

TIBA, occupée auprès de Nittia.

Venez à mon aide ! Elle ne respire plus !

ÉLODIE.

Attendez ! ça me connaît !... Et puis, j'ai toujours un
flacon de sels sur moi !... Là ! ce ne sera rien !... Le sai-
sissement ! Pauvre petite !

NITTIA.

Lucien !

LUCIEN.

Mon nom !

ÉLODIE, à part.

Tiens ! tiens !

NITTIA, ouvrant les yeux et voyant Lucien.

Ah !

Elle met la main sur son cœur comme pour en comprimer les
battements.

ÉLODIE.

Appuyez-vous sur moi, mon enfant ! nous vous emmenons !

TIBA, à part.

Ils l'emmènent !

ÉLODIE.

Je parlerai au commandant et je suis certaine qu'il vous protègera !

TIBA.

Oh ! je ne la quitte pas !

Elle rentre vivement dans sa cabane.

LUCIEN.

Partons donc ! En avant, mes braves !

GOUPILLARD.

Attention, Machicot.

MACHICOT.

J'ouvre l'œil, Goupillard !

SYMPHORIEN.

Patron, vous m'avez enthousiasmé ! Gare au premier Tonkinois qui me tombe sous la patte.

Ils sortent.

TIBA, revenant et apercevant Hogarth qui suit Lucien des yeux.

Ah ! lui !

SCÈNE VIII

HOGARTH, TIBA.

HOGARTH.

Cette voix... ce visage ! Oh non ! C'est une illusion !...

TIBA.

Hogarth !

HOGARTH, se retournant.

Hein ?

TIBA.

C'est moi !

HOGARTH.

Toi ! C'est toi qui te permets...

TIBA.

C'est moi qui me permets de t'interroger, oui !

HOGARTH.

Ah ! je te ferai repentir de ton audace !

TIBA.

Ecoute-moi, Hogarth, et surtout regarde-moi bien en face, tu pourras lire dans mes yeux ce que le désespoir a fait de ravages dans mon cœur.

HOGARTH.

Misérable esclave !

Il fait un geste pour la frapper.

TIBA, l'arrêtant.

Attends ! Si tu me frappes tu ne sauras pas ce que j'ai à te dire... et ce que j'ai à te dire est très important pour toi, Hogarth !

HOGARTH.

Ah !

TIBA.

Mais avant, réponds-moi : Ma fille est-elle morte ?

HOGARTH.

Je t'ai déjà dit que oui !

TIBA.

Je ne veux pas te croire ! meurtre inutile, qui ne pouvait rien te rapporter. Dis-moi que tu l'as confiée à quelqu'un, à un homme... pour la perdre, la vendre ; mais ne me dis pas que tu me l'as tuée.

HOGARTH.

Eh bien ! je vais te répondre, mais j'y mets une condition.

TIBA.

Parle ! Tout ! j'accepte tout !

HOGARTH.

Tu étais ici avec les Français qui viennent de partir ?

TIBA.

Oui !

HOGARTH.

Tu dois connaître l'officier qui les commande ?

TIBA.

Je le connais.

HOGARTH.

Dis-moi qui il est ?

TIBA.

Ma fille ?

HOGARTH.

Me diras-tu quel est cet officier ?

TIBA.

Oui !

HOGARTH.

J'ai donné ta fille à un homme qui s'est chargé de l'élever.

TIBA.

Son nom ?

HOGARTH.

Tché-ou !

TIBA.

Dieu puissant ! c'est elle ! c'est elle !

HOGARTH.

A présent, à ton tour, parle !

TIBA.

L'officier qui était ici tout à l'heure se nomme Lucien Dautreuil !

HOGARTH.

Lucien Dautreuil !

TIBA.

C'est le fils de celui que tu as assassiné et dont tu as martyrisé la femme. Adieu, Hogarth ! Adieu ! je vais retrouver ma fille !

Elle sort.

HOGARTH, seul.

Lucien Dautreuil !... Qui peut me révéler à lui ? Seule, cette femme... Ah ! elle ne parlera pas !.. (Appelant.) Tiba ! Tiba !... Elle regarde ! (Il vise avec son revolver, le coup part, il pousse un cri de joie.) Ah !

Rideau.

ACTE TROISIÈME

CINQUIÈME TABLEAU

LE PRISONNIER

Le théâtre représente une cahute d'un misérable aspect qui occupe toute la partie inférieure du théâtre. Cette cahute est séparée en deux parties inégales. Celle de gauche, qui sert de cachot à Lyeou-Yuen-Fou est plus petite que celle de droite. La face de ce cachot est pourvue d'une toile métallique peinte de façon à ce qu'éclairée par derrière, on voie le prisonnier et l'intérieur de sa prison ; mais qu'éclairée par devant tout disparaisse pour ne laisser voir que le mur extérieur de la masure. La partie droite, beaucoup plus vaste, dans laquelle il y a une table et quelques sièges de bois, sert de corps de garde. Avec son toit de chaume, cette cahute n'atteint pas une hauteur de plus de quatre mètres. Toute la partie supérieure du théâtre, dominant la maison, est occupée par d'énormes branches d'arbres s'entre-croisant et pourvues d'un feuillage très épais. Les branches les plus fortes partent de gauche et effleurent presque le toit. Les deux parties de la cahute communiquent ensemble par une petite porte.

SCÈNE PREMIÈRE

GOUPILLARD, MACHICOT, à droite, LYEOU,
à gauche.

GOUPILLARD.

Cré nom de nom de nom !

MACHICOT.

Dire que nous étions si tranquilles en France !

GOUPILLARD.

Retirés du service tous les deux. Moi, professeur de gymnastique dans un lycée de jeunes filles.

MACHICOT.

Et moi, fumiste, quoique gymnasiarque comme toi. C'est même ça qui m'a décidé à grimper dans les cheminées !

GOUPILLARD.

Quand c'te bête d'inscription maritime vient nous relancer et nous dit : Matelots, faut finir de donner des leçons de trapèze aux demoiselles.

MACHICOT.

Et de ramoner des tuyaux.

GOUPILLARD.

La patrie a encore besoin de toi. Hisse le grand foc, la barre au vent, bonnettes babord et tribord et file tes douze nœuds pour le Tonkin !

MACHICOT.

Ah ! il est propre, le Tonkin !

GOUPILLARD.

Des femmes couleur de jus de réglisse ; des hommes qui ressemblent à des singes et, avec ça, rien à se mettre sous les molaires.

MACHICOT.

C'est-à-dire que si ça continue, j'suis capable d'avaler ma chique !

GOUPILLARD.

Ne te livre pas à une extrémité pareille, Machicot !... Et puis, faut toujours garder une poire pour la soif !

MACHICOT.

Nous sommes bloqués, vois-tu, y a pas à dire... parqués comme des petits lapins !

GOUPILLARD.

Des petits lapins, nous, cré nom d'un chien !

MACHICOT.

Oui ! c'est dur ! Une idée, Goupillard ?

GOUPILLARD.

Vas-y, Machicot !

MACHICOT.

Mangeons le prisonnier !

GOUPILLARD.

Oh ! manger du Tonkinois ! Tu n'y penses pas, Machicot.

MACHICOT.

Dame ! tout de même !

GOUPILLARD.

Non !

MACHICOT.

Mais alors...

GOUPILLARD.

D'ailleurs, nous ne sommes pas complètement bloqués.
Y a encore le fleuve qui est à deux pas de cet avant-
poste.

MACHICOT.

Ah ! oui ! parlons-en ! Ça nous sert à grand'chose. Depuis le temps que nous attendons des renforts, il n'est
seulement pas venu une boule de son. Ah ! des vivres !
des vivres !

SCÈNE II

Les Mêmes, LE COMMANDANT, THÉODULE, ÉLODIË,
NÍTTIA, LÜCIEN.

LE COMMANDANT.

Ils arriveront, mes braves !

GOUPILLARD.

Faites excuse, mon commandant!

LE COMMANDANT.

Et, s'ils tardent trop, eh bien! nous irons en demander aux Pavillons-Noirs!

MACHICOT.

Ça, ça me va, par exemple!

GOUPILLARD.

Quand vous voudrez, mon commandant! Il y a long-temps que nous sommes prêts, nous!

LE COMMANDANT.

Je n'en doute pas, mes braves!

MACHICOT.

Et nous leur tremperons une de ces soupes... oh! quel bouillon...

LE COMMANDANT.

Patience, le moment approche. Le prisonnier?

GOUPILLARD.

Il est toujours là qui pionce. Nous n'oublions pas qu'on nous l'a confié!

LE COMMANDANT.

Oui, vous en répondez!

GOUPILLARD.

S'il parvenait à s'échapper, nous le poursuivrions jus-qu'au bout du monde.

MACHICOT.

Plus loin que ça, même!

LE COMMANDANT.

Bien. Laissez-moi, je veux l'interroger.

GOUPILLARD.

Sufficit! mon commandant! Hisse le grand foc, Machi-cot!

MACHICOT.

Bon vent, partout, Goupillard!

Ils sortent.

SCÈNE III

LES MÊMES, moins MACHICOT et GOUPILLARD.

LE COMMANDANT, à Élodie.

Eh bien, madame, comment supportez-vous notre inaction forcée?

ÉLODIE.

Mal, mon commandant! Très mal! Est-ce qu'il y a quelque chose de forcé pour les femmes? Ah! si vous aviez voulu me laisser faire, il y a longtemps que le Tonkin serait pacifié!

THÉODULE.

Quel grand homme que ma femme!

LE COMMANDANT.

Quel moyen auriez-vous donc employé?

ÉLODIE.

Bien simple : j'aurais fait venir de France dix mille femmes opprimées qui, comme moi, ne rêvent que l'indépendance de ce sexe que vous qualifiez de faible. Les Tonkinois sont des hommes, que diable!

THÉODULE.

Tu crois, bonne amie?

ÉLODIE.

Du moins, ils en ont l'air. Mes dix mille femmes, au lieu de les prendre par la violence, les eussent pris par les sentiments. Et le Tonkin eût été conquis sans effusion de sang!

LE COMMANDANT.

Voilà un moyen nouveau de combattre les peuples !

ÉLODIE.

Moyen certain, commandant, qui, au lieu d'un minis-
tre de la guerre, ne demanderait qu'un expéditeur aimable, homme de goût, sachant distinguer une jolie femme
d'une laide.

THÉODULE.

Un expéditeur aimable et des sages-femmes.

ÉLODIE.

Cela m'eût étonné de ne pas vous entendre dire une
sottise !

THÉODULE.

Bonne amie, songe que j'ai tué un Tonkinois !

ÉLODIE.

C'est juste. Je retire le mot. La femme, voyez-vous,
commandant, il n'y a que ça. Rappelez-vous Judith, Da-
lila, la belle Hélène, Jeanne d'Arc, Charlotte Corday...

THÉODULE.

Sans oublier madame Putiphar.

ÉLODIE.

Monsieur Blancmignon, vous n'êtes qu'un sot !

THÉODULE.

Bonne amie, songe que j'ai tué...

ÉLODIE.

C'est vrai ! je n'ai plus le droit de rien vous dire. Vous
êtes un héros !

THÉODULE.

Oh ! un petit héros !

ÉLODIE.

Un héros ! Vous êtes en avance d'un Tonkinois sur
moi !

THÉODULE.

Il ne faut pas me le reprocher!

ÉLODIE.

Vous le reprocher? Je vous admire!

LUCIEN.

En effet, votre courage et surtout votre présence d'esprit ont arraché cette malheureuse enfant à une mort certaine. Vous vous êtes bravement conduit, mon oncle.

ÉLODIE.

C'est un héros! je le réitère!

THÉODULE.

Et moi qui croyais arriver à la gloire par les fleurs!

LUCIEN.

Vous vous êtes trompé de vocation, vous étiez né homme de guerre.

ÉLODIE, à Nittia.

Eh bien, mon enfant, êtes-vous remise de ces grandes émotions?

NITTIA.

Oh! je suis forte, madame!

ÉLODIE.

Oui! vous êtes une âme vaillante. Vous êtes digne du titre de femme!

NITTIA.

J'ai tant souffert, depuis que je suis au monde.

LUCIEN.

Vous avez souffert, Nittia?

NITTIA.

Beaucoup!

LUCIEN.

Peut-être Dieu a-t-il voulu qu'en vous rencontrant, je misse un terme à ces souffrances.

NITTIA.

Vous ?

LE COMMANDANT.

Mon cher Dautreuil, nous allons interroger le prisonnier. Je vous prie de prendre part à l'interrogatoire...
vous aussi, monsieur et madame. Ces Annamites ont
l'esprit subtil. Peut-être celui-ci, en entendant partir les
interrogations de différents points, se troublera-t-il dans
ses réponses et trahira-t-il les secrets de ses complices.

ÉLODIE.

A vos ordres, commandant !

LE COMMANDANT, allant à gauche.

Il dort ! (L'appelant.) Lyeou-Yuen-Fou !

LYEOU.

Quoi ? que me veut-on ?

LE COMMANDANT.

Venez, vous le saurez !

LYEOU.

Un interrogatoire ? Encore ? Oh ! c'est bien inutile,
allez ! Je ne vous en dirai pas plus que je ne vous en ai
déjà dit !

LE COMMANDANT.

Venez toujours de ce côté !

LYEOU, passant à droite, voyant Nittia.

Elle ! Pourquoi me met-on en présence de cette jeune
fille ?

LE COMMANDANT.

Vous n'avez pas à interroger, ici ; mais à répondre.

LYEOU.

J'attends !

LUCIEN.

Si vous avez quelques réclamations à adresser, vous

pouvez le faire. Lyeou-Yuen-Fou, je puis apporter quelques adoucissements à votre captivité.

LYEOU.

Je ne veux rien de vous!

LUCIEN.

De moi... personnellement?

LYEOU.

Oui!

LUCIEN.

Vous me haïssez donc plus qu'un autre?

LYEOU.

Oui!

LUCIEN.

Que vous ai-je fait?

LYEOU.

Je n'ai point à vous répondre!

ÉLODIE.

Est-ce parce que le sort des armes vous a été contraire?

LYEOU.

Sans la trahison, je ne serais pas prisonnier!

LE COMMANDANT.

La trahison?

LYEOU.

Vous le savez bien. Vous m'avez demandé ce que vous pouviez faire pour moi... je vais vous le dire : Nommez-moi le traître qui vous a ouvert les portes de la citadelle!

LE COMMANDANT.

Je ne sais ce que vous voulez dire. D'ailleurs, ce n'est pas d'un Français que vous obtiendrez jamais une délation.

LYEOU.

Ah! celui-là! Si je le connaissais!

6.

LE COMMANDANT.

Lyeou-Yuen-Fou! soumets-toi! De ta soumission, dépend la fin de la guerre que nous faisons aux tiens!

LYEOU.

Français! retournez dans votre pays! votre haine s'en ira avec vous !

LE COMMANDANT.

Tu refuses?

LYEOU.

Et vous?

LE COMMANDANT.

Nous sommes ici pour protéger les nôtres. Respectez leur vie, respectez leurs biens et nous vous laisserons libres!

LYEOU.

Leurs biens qu'ils nous volent !

LE COMMANDANT.

La France ne veut asservir personne. Mais elle prétend mposer la lumière!

LYEOU.

L'Annam veut être libre! Et, si la France veut lui imposer ce qu'elle appelle la lumière, elle l'imposera à nos habitations vides et à nos terres incultes, car nous mourrons tous!

LE COMMANDANT.

Soit! Nous continuerons notre tâche et, plus tard, vos fils béniront la main qui leur aura fait connaître la vraie liberté!

LYEOU.

Toi, qui parles de liberté, laisse-moi libre!

LE COMMANDANT.

Je m'y engage si tu me dis de combien tu disposes d'hommes, si tu m'avoues qui vous fournit des armes et des munitions. Est-ce la Chine? Est-ce quelque nation jalouse de notre puissance en Asie?

LYEOU.

Je n'ai rien à vous répondre.

THÉODULE.

Pourriez-vous me dire, mon ami, si, dans la flore de votre pays, vous possédez le pélargonium rupertianum?

ÉLODIE.

Théodule, le moment est mal choisi...

THÉODULE.

La science ne choisit pas ses moments pour s'entourer de lumière! Vous ne me répondez pas?

LYEOU.

Je ne parle pas aux fous!

ÉLODIE.

Attrape!

THÉODULE.

Et ces gens-là repoussent les bienfaits de la civilisation, eux, qui ne savent pas ce que c'est qu'un pélargonium rupertianum!

LE COMMANDANT.

Eh bien! vous refusez de parler?

LYEOU.

Je refuse!

LE COMMANDANT.

Je vous préviens que, demain, dès l'aube, vous serez fusillé comme rebelle.

LYEOU.

La mort ne me fait pas peur! Je ne regretterai qu'une chose, c'est de n'avoir pu me venger de l'homme qui nous a livrés.

LE COMMANDANT.

Si, demain, au moment de votre exécution, vous acceptez de répondre aux questions que je vous ai posées, vous serez transporté en France par le premier navire en partance et vous y vivrez libre!

LYEOU.

Je préfère la mort!

LE COMMANDANT.

Rentrez dans votre prison!

LYEOU.

Nittia! (Le commandant lui fait signe de sortir ; avec rage.) Oh!
Il rentre à gauche.

ÉLODIE.

Ah! il est entêté!

THÉODULE.

Presque autant que toi, bonne amie!

ÉLODIE.

Oui! il serait digne d'être femme!

MACHICOT, entrant.

Mon commandant!

LE COMMANDANT.

Qu'y a-t-il?

MACHICOT.

Un homme est là qui demande à vous parler.

LE COMMANDANT.

Un indigène?

MACHICOT.

Non. Un Européen.

LE COMMANDANT.

Son nom?

MACHICOT.

Il ne me l'a pas dit, mais il m'a remis ce pli pour vous!

LE COMMANDANT, qui a lu.

C'est bien! (A Élodie.) A tout à l'heure, madame! (A Théodule.) Monsieur!

THÉODULE.

Ah! commandant! J'ai un Tonkinois sur le cœur!

LE COMMANDANT.

Bah! ça se passera!

THÉODULE.

Un Tonkinois, voyez-vous, c'est tout de même un homme. Et, tuer un homme, pour un botaniste, c'est... c'est...

ÉLODIE.

C'est admirable! Venez, mon héros!

Ils sortent tous par le fond.

LE COMMANDANT.

Cet espion vient sans doute toucher le prix de sa trahison. C'est trop juste! (A Machicot.) Fais entrer!

MACHICOT, à droite.

Entrez! Voilà le commandant!

Il sort.

SCÈNE IV

LE COMMANDANT, HOGARTH.

LE COMMANDANT, qui a écrit.

Tenez, vous présenterez ceci au commissaire de marine de la canonnière la Fanfare. Il vous paiera!

HOGARTH.

Merci!

LE COMMANDANT.

Qu'attendez-vous encore?

HOGARTH.

J'ai de nouveaux services à vous rendre!

LE COMMANDANT.

Comme espion?

HOGARTH.

Oh! Le mot est dur!

LYEOU, se redressant.

Un espion!

Il écoute.

LE COMMANDANT.

Que voulez-vous dire?

HOGARTH.

Je suis venu à vous comme citoyen libre, complètement étranger à la guerre franco-annamite pour vous
prouver, une fois de plus, que je suis pour le succès de
vos armes! Vous m'avez offert de l'argent, cela ne se refuse jamais.

LE COMMANDANT.

Je vous avais jugé.

HOGARTH.

Mal! vous vous êtes trop hâté, commandant! Un
homme comme moi ne trahit pas! Je ne suis pas l'allié
des Pavillons-Noirs! Ce sont des pillards! Des bandits! Et
j'estime que le devoir d'une nation civilisée est de les
combattre par tous les moyens possibles.

LYEOU.

Mais c'est sa voix... Hogarth!

LE COMMANDANT.

Enfin...

HOGARTH.

Je veux l'extermination ou l'asservissement de ces
bandes redoutables qui entravent l'œuvre de civilisation
que votre pays a entreprise. Je veux plus encore : Je veux
vous en fournir les moyens !

LYEOU.

Oh! le traître!

LE COMMANDANT.

Parlez!

HOGARTH.

Vous avez pris Hanoï, c'est bien! Mais ce n'est pas assez! Il vous faut briser le cercle qui vous entoure... la famine est proche... vos forces s'amoindrissent de jour en jour...

LE COMMANDANT.

Eh! je le sais, pardieu, bien! Mais que faire?

HOGARTH.

Sortir et écraser votre ennemi!

LE COMMANDANT.

J'y ai songé! J'y songe même tous les jours. Mais comment espérer une victoire avec le peu d'hommes dont je dispose?

HOGARTH.

C'est la certitude de vaincre que je vous apporte!

LE COMMANDANT.

Vous?

HOGARTH.

Moi!

LE COMMANDANT.

J'attends que vous vous expliquiez!

HOGARTH.

Je connais le campement des Pavillons-Noirs, près de la pagode de Balny d'Avricourt!

LE COMMANDANT.

Ah!

HOGARTH.

Il s'agit d'arriver jusqu'à eux sans qu'ils s'en doutent.

Par la plaine? Il n'y faut pas songer. Par le bord du fleuve? Vous n'auriez pas fait cinquante pas, qu'ils seraient avertis!... Il est un sentier, connu de quelques indigènes et de moi, qui serpente à travers les hautes herbes, enserré entre deux collines... protégé par de grands arbres qui le cachent à tous les yeux... Là, une armée entière pourrait s'engager sans éveiller le plus léger soupçon. Ce sentier aboutit à la pagode de Balny d'Avricourt!

LE COMMANDANT.

Ah! Et vous nous l'indiquerez?

HOGARTH.

Je ferai mieux. Je vous y conduirai!

LYEOU.

Mais, c'est l'extermination de mes soldats!

LE COMMANDANT.

C'est votre existence que vous jouez!

HOGARTH.

Je le sais!

LE COMMANDANT.

Si vous nous trompiez...

HOGARTH.

Vous me feriez sauter la cervelle!

LE COMMANDANT.

Bien. (Appelant.) Lieutenant Dautreuil!

HOGARTH, à part.

Ah!

LYEOU.

Oh! Etre libre un instant, une seconde pour punir ce misérable!

La partie métallique s'éclaire par devant, il devient invisible.

LUCIEN, entrant.

Mon commandant?

LE COMMANDANT.

Je vais ordonner les préparatifs de départ. Restez auprès de cet homme!... Le salut de notre petite armée dépend de lui.

LUCIEN.

Soyez sans crainte, commandant.

HOGARTH, au commandant.

Quand comptez-vous attaquer?

LE COMMANDANT.

Dès demain, à l'aube. Mais il faut absolument que je m'entende avec le commandant de la flottille. (Appelant.) Holà! Planton!

UN MATELOT.

Mon commandant.

LE COMMANDANT.

La yole et six hommes, vivement. (Le matelot sort; — à Hogarth.) Les canonnières sont mouillées à dix minutes d'ici... autant pour revenir. Attendez-moi, sir Hogarth.

LUCIEN, à part, étouffant un cri.

Hogarth!

LE COMMANDANT.

A tout à l'heure!

Il sort vivement par le fond.

SCÈNE V

HOGARTH, LUCIEN.

LUCIEN.

Hogarth!... Vous?

7

HOGARTH.

Oui!... (A part.) Qu'a-t-il donc?... il ne peut savoir...

Il fait un mouvement de sortie.

LUCIEN.

Ah! restez! restez!

HOGARTH.

Suis-je donc prisonnier?

LUCIEN.

Le mien, oui!

HOGRATH.

Monsieur!...

LUCIEN.

Ah! vous vous nommez Hogarth? Eh bien! je me nomme, moi, Lucien Dautreuil!... Et je vais vous tuer.

HOGARTH.

Me tuer?

LUCIEN.

Ah! Dieu, oui!

HOGARTH.

Me ferez-vous au moins la grâce de me dire pourquoi?

LUCIEN.

Parce que vous êtes l'assassin de mon père... parce que vous êtes le bourreau de ma mère!

HOGARTH.

Moi?

LUCIEN.

Vous niez?

HOGARTH.

Oui! J'admets cependant que je sois l'homme que vous cherchez, de quel droit vous feriez-vous justice vous-même?

LUCIEN.

De quel droit m'avez-vous fait orphélin?

HOGARTH.

Si j'étais celui que vous soupçonnez, je serais odieux, infâme. Pourquoi voudriez-vous devenir mon égal en me frappant?

LUCIEN.

Ah! (Regardant autour de lui et apercevant une épée accrochée au mur; la prenant et la lui jetant.) Tiens! misérable, défends-toi!

HOGARTH.

Un duel?

LUCIEN.

Tu hésites?

HOGARTH.

Je refuse!

LUCIEN.

Que faut-il donc pour te décider? que je te soufflette? que je te crache au visage?

HOGARTH.

Prenez garde!

LUCIEN.

Tu as donc encore un peu de cœur que tu tressailles sous mes insultes?

HOGARTH.

J'ai la raison qui combat votre folie.

LUCIEN.

Fou! oui! Je le suis! mais de rage! J'ai à venger les miens! Défends-toi!

HOGARTH.

Je ne me battrai pas!

LUCIEN.

Ah! lâche!

HOGARTH.

Lâche? Je viens ici, au péril de ma vie, pour vous sauver ainsi que vos compagnons d'armes.

LUCIEN.

Quand tu seras étendu, là, à mes pieds, et que je leur dirai qui tu étais, tous me tendront la main!

HOGARTH.

Et votre chef vous demandera compte de ma vie! Demain, vos ennemis, dix fois plus nombreux, vous attaqueront... ils obstrueront l'entrée du fleuve... La famine viendra et vous succomberez.

LUCIEN.

Ah!.

HOGARTH.

Moi seul puis changer votre défaite en une victoire; c'est le salut de vos compagnons d'armes que je tiens dans mes mains... car seul, je connais le secret de la passe que je dois vous faire suivre pour surprendre l'ennemi! Votre commandant n'a d'espoir qu'en moi!... Frappez donc! c'est vous qui deviendrez deux fois lâche, car vous aurez tué un homme sans défense et vous aurez trahi les vôtres!

LUCIEN.

Ah! c'est qu'il dit vrai, ce misérable! Le frapper, c'est compromettre le salut de tous! Ah! c'est horrible!

HOGARTH.

Comprenez-vous maintenant pourquoi je ne veux pas me battre?

LUCIEN.

La fatalité me place entre mon devoir et ma vengeance!.. Et, quoi qu'il arrive, je serai parjure... car, j'ai juré, moi aussi... j'ai juré de le tuer et, tout à l'heure, ici, j'ai promis de le respecter. Eh bien! crime pour crime! parjure pour parjure!... J'ai choisi! Périsse mon honneur, mais que ma vengeance s'accomplisse!

HOGARTH.

J'attends.

LUCIEN, qui s'élançait sur lui, poussant un cri.

Ah! (Baissant le bras.) Ah! misérable! comme tu sais jouer avec le cœur d'un honnête homme... Va-t'en !

HOGARTH.

J'ai promis d'attendre votre commandant ! Je reste !

LUCIEN.

Ah! à ton tour, prends garde ! Ne me tente pas !

HOGARTH.

D'ailleurs, ne suis-je pas votre prisonnier ?

LUCIEN.

Tu es davantage. Tu es ma proie ! Tu ne m'échapperas pas, va !

SCÈNE VI

Les Mêmes, GOUPILLARD.

GOUPILLARD.

Le commandant fait dire à l'English, spoken d'aller le rejoindre à l'État-major.

HOGARTH.

Je vous suis !

LUCIEN, avec rage.

Ah !

HOGARTH, à Goupillard.

Conduisez-moi !

GOUPILLARD.

Avec déplaisir !

HOGARTH.

Au revoir, monsieur Dautreuil !

LUCIEN.

Oh! oui! au revoir!

Il tombe accablé sur une chaise près de la table.

SCÈNE VII

LUCIEN, puis NITTIA et TIBA, puis GOUPILLARD
et MACHICOT.

LUCIEN.

Là!... là!... Il était là... devant moi... et je l'ai laissé partir!... J'ai eu sous les yeux l'assassin de mon père, le bourreau de ma mère et il ne m'a pas été permis de lui fouiller le cœur d'un poignard... de l'étendre à mes pieds, de voir couler son sang! Oh!

Il laisse tomber sa tête dans ses mains.

NITTIA, entrant et s'approchant de lui.

Monsieur Lucien!

LUCIEN, relevant la tête.

Nittia!

NITTIA.

Vous pleurez?

LUCIEN.

Oui! je pleure!.. Ah! c'est que vous ne savez pas, vous, Nittia...

NITTIA.

Si, je sais. Hier, Tiba, en me parlant de vous, m'a tout appris!... Renoncez à votre vengeance!

LUCIEN.

Renoncer à ma vengeance!.. Ne me demandez pas cela!

NITTIA.

Il vous tuera!

LUCIEN.

Ah ! Dieu ne serait pas juste !

TIBA, se soutenant à peine, paraît à droite.

Dieu ! il y a des instants où il faut douter de lui.

NITTIA, courant à elle.

Ah ! Tiba !...

Elle la soutient.

TIBA, venant en scène soutenue par Nittia et tombant sur une chaise
que Lucien a avancée.

J'ai cru que je n'arriverais jamais jusqu'ici.

NITTIA.

Blessée.

TIBA.

Oui ! par lui ! Hogarth !

LUCIEN.

Hogarth !

NITTIA.

Je vais appeler ! il vous faut du secours !

TIBA.

Non... Attends !... Tu es là... je te vois... je presse tes
mains dans les miennes... je ne... souffre plus... je suis
heureuse !... il m'a peut-être tuée et je le bénis pour tout
le bonheur qu'il m'a donné ; car il m'a dit qui tu étais...
et cela me fait oublier le mal qu'il m'a fait.

LUCIEN, à part.

Que dit-elle ?

NITTIA.

Tiba !

TIBA.

Donne-moi un autre nom que celui-là !...

NITTIA.

Un autre nom....

TIBA.

Ecoute... écoutez aussi, monsieur Lucien... Vous le
savez... là-bas, en France, je vous l'ai dit, j'ai usé ma vie
à chercher l'enfant que Dieu m'avait donnée... et qu'Hogarth m'avait enlevée. Eh bien !... eh bien... je sais à présent où elle est... ma fille !... Je sais de quel côté mes
yeux doivent se tourner pour la voir, pour lui sourire,
pour l'aimer !

NITTIA.

Mon Dieu !

TIBA.

Mon cœur t'avait devinée, Nittia ! il volait au-devant de
tes caresses, de ton amour ! Il me criait : aime-la ! aime-
la ! C'est ta fille !

NITTIA, à genoux et lui couvrant les mains de baisers.

Ma mère !...

TIBA.

Ah ! que ce mot est doux à entendre ! Oui ! oui ! je
suis ta mère !... Comprends-tu ma joie ? Comprends-tu
mon bonheur ?

Elle chancelle.

NITTIA.

Grand Dieu !

TIBA.

Ce n'est rien ! Je t'ai retrouvée... je veux vivre ! je veux
vivre !

NITTIA.

Ma mère ! ma mère !

LUCIEN.

Venez, Tiba ! venez ! Il faut, avant tout, panser votre
blessure.

TIBA.

Elle est profonde ! Je suis épuisée. Ma vie s'écoule avec
mon sang. Oh ! je ne veux pas mourir. Allons ! (A Nittia.)
Mais tu ne me quitteras plus, n'est-ce pas ? tu ne me quitteras plus !

NITTIA.

Non ! Oh ! non ! jamais maintenant ! Je te le jure.

GOUPILLARD, entrant suivi de Machicot.

Pardon, mon lieutenant, nous avons entendu des plaintes et nous nous sommes permis, Machicot et moi... Auriez-vous besoin de nos services ?

LUCIEN.

Non, merci, mes amis, merci !... (A Tiba.) Appuyez-vous sur moi, Tiba !

TIBA.

Et... sur elle !

NITTIA.

Oui !

TIBA, rayonnante, marchant soutenue par Lucien et Nittia.

C'est ma fille !

NITTIA.

Mère ! je t'aime !

Ils sortent par la droite.

SCÈNE VIII

GOUPILLARD, MACHICOT, puis UN MATELOT.

GOUPILLARD.

Tiens ! la petite sauvage qui l'appelle sa mère.

MACHICOT.

Eh bien, pourquoi que ça ne la serait pas, sa mère?

GOUPILLARD.

Parce que, d'après ce que racontait le lieutenant qu'a l'air d'en tenir un peu pour elle, c'te petite que tu vois est une prêtresse du dieu Bouddha.

7.

MACHICOT.

Bouddha ! en v'là un fichu nom pour un Dieu.

GOUPILLARD.

Le fait est que je voudrais pas m'appeler comme ça.

LE MATELOT, entrant.

Eh ! les amours, ordre du commandant d'amener votre prisonnier à bord de la canonnière.

GOUPILLARD.

Tiens !... Y a donc du nouveau ?

LE MATELOT.

Il paraît.

Il sort.

MACHICOT.

Ouvrons le salon de sa *Seigneurerie*. (Il ouvre la porte de communication.) Ah ! cré nom ! Personne !

GOUPILLARD.

Comment personne ! (Il regarde) Si ! un pied !...

Il a aperçu le pied de Lyeou qui achève de gagner la toiture et qui s'élance sur le faîte.

MACHICOT.

Ah ! le brigand ! il nous échappe !

GOUPILLARD.

Pas encore, Machicot, en chasse et pas de bruit, ma vieille, ou nous sommes flambés.

Il entre dans la prison.

MACHICOT.

O déesse de la gymnastique, veille sur tes deux amants !

Il disparaît à son tour dans la prison. On les voit tous les deux prendre le même chemin qu'a suivi Lyeou. Changement.

SIXIÈME TABLEAU

LA CHASSE A L'HOMME

Grande décoration. La poursuite muette continue dans les arbres. Arrivé à l'extrémité d'une branche, Lyeou se précipite dans les rapides que le nouveau décor a découverts. Stupéfaction de Goupillard et de Machicot. Le rideau tombe.

ACTE QUATRIÈME

SEPTIÈME TABLEAU

LA PAGODE

Petit décor représentant l'intérieur d'une pagode. — Porte au fond; une large ouverture à droite, premier plan. — Des nattes servant de lits de camp sont entassées çà et là. — La scène est faiblement éclairée par deux torches fichées dans la muraille.

Au lever du rideau, des Pavillons-Noirs sont couchés à différents endroits; d'autres sont assis et forment des groupes.

SCÈNE PREMIÈRE

GIAM, PAVILLONS-NOIRS, puis CHÉ-KAO.

CHÉ-KAO, paraissant au fond.

Debout !

Tous se lèvent.

GIAM.

Est-ce qu'il y a du nouveau ?

CHÉ-KAO.

Peut-être. Place quatre des nôtres en sentinelles.

GIAM.

Ici?

CHÉ-KAO.

Oui! cette pagode qui nous sert de poste d'observation, doit être gardée.

GIAM.

Bien !

Il exécute l'ordre.

CHÉ-KAO, à lui-même.

Lyeou-Yuen-Fou est toujours prisonnier des Français; s'ils ne l'ont pas tué, ah! nous saurons bien lui ôter ses fers.

GIAM, revenant.

Les sentinelles sont placées. Et Schong? où est-il?

CHÉ-KAO.

Schong, notre chef, depuis que Lyeou-Yuen-Fou est aux mains des barbares, est en reconnaissance du côté de la citadelle, c'est par son ordre que nous allons nous porter en avant. (Aux Tonkinois.) En route! allons rejoindre nos amis qui nous attendent à quelques pas d'ici!

Tous sortent par le fond, excepté les quatre sentinelles.

SCÈNE II

Les Quatre Sentinelles, puis GOUPILLARD, MACHICOT THÉODULE et SYMPHORIEN.

PREMIER TONKINOIS, au fond, à droite.

Il paraît que nous allons attaquer.

DEUXIÈME TONKINOIS, au fond, à gauche.

Tant mieux ! Et puissions-nous en finir promptement avec ces maudits Français.

PREMIER TONKINOIS.

Allons bon! Voilà les torches qui s'éteignent !

TROISIÈME TONKINOIS.

Qu'avons-nous besoin de lumière ?

QUATRIÈME TONKINOIS, qui s'est couché à gauche.

Nous n'en serons que plus à notre aise pour dormir.

TROISIÈME TONKINOIS, s'étendant aussi.

Il a raison ! ma foi, personne ne viendra nous déranger. Je dors.

PREMIER TONKINOIS, se couchant également.

Moi, je veille !

DEUXIÈME TONKINOIS, idem.

Moi de même !

Les torches se sont éteintes ; nuit.

GOUPILLARD, entrant avec précaution par le premier plan de droite. il est suivi de Machicot, de Théodulé et de Symphorien, tous les quatre sont vêtus en Chinois ; ils rampent plutôt qu'ils ne marchent ; bas.

Attention !

MACHICOT.

Crie nous casse-cou !

SYMPHORIEN.

Le fait est que ça manque de gaz.

THÉODULE.

Où vais-je? Où suis-je? O grand saint Théodule, mon patron, veille sur moi.

MACHICOT.

Silence, donc !

PREMIER TONKINOIS, prêtant l'oreille.

Hein?

Tous les quatre s'aplatissent sur le sol.

DEUXIÈME TONKINOIS, répondant au premier.

Les camarades qui dorment déjà !

MACHICOT, à Goupillard.

Y en a deux qui pioncent.

GOUPILLARD.

Bravo !

PREMIER TONKINOIS.

Ah çà ! ils rêvent donc tout haut ?

DEUXIÈME TONKINOIS.

On le dirait !

GOUPILLARD.

Chacun son homme, Machicot !

MACHICOT.

Ça va !

Ils rampent vers les deux sentinelles du fond, un couteau à la
main.

SYMPHORIEN, à Théodule.

Allons ! monsieur Blancmignon, vous à droite et moi à
gauche !

THÉODULE.

Et quoi ! encore tuer un Tonkinois ?

SYMPHORIEN.

Aimez-vous mieux que le Tonkinois vous tue ?

THÉODULE.

Sapristi ! non ! et mon Elodie.

SYMPHORIEN.

Alors, en avant ! Et d'aplomb !

Ils rampent vers les sentinelles : à ce moment, Goupillard et Machicot sont arrivés au fond, ils se relèvent et bondissent sur
les deux Tonkinois qu'ils frappent.

TROISIÈME TONKINOIS, se réveillant au bruit.

Hein ! Qu'y a-t-il ?

SYMPHORIEN.

Mauvais réveil, l'ami !

Il le cloue à terre.

QUATRIÈME TONKINOIS.

A moi, camarades!

THÉODULE.

Tiens!

Il la tue.

GOUPILLARD.

Victoire sur toute la ligne.

THÉODULE.

Et de trois! J'ai tué trois Tonkinois.

MACHICOT.

Comment trois?

THÉODULE.

Dame, un il y a deux jours ; un il y a une heure, et un maintenant.

SYMPHORIEN.

Ça fait bien trois.

THÉODULE.

Maintenant, monsieur Goupillard, j'espère que vous allez me dire pourquoi vous nous faites faire cette consommation de Chinois?

GOUPILLARD.

Les quatre d'il y a une heure c'était pour nous emparer de leurs costumes ; les quatre de maintenant, c'est pour nous emparer de leur poste d'observation.

THÉODULE.

Quand je retournerai à Paris, si jamais j'y retourne, et que je raconterai tout cela à ces messieurs de la société d'horticulture, ils ne voudront pas me croire.

SYMPHORIEN.

Ils vous appelleront blagueur.

GOUPILLARD, qui inspecte.

Ah! des nattes.

THÉODULE.

Nous n'avons pas besoin de nattes puisque **nous avons** des tresses.

GOUPILLARD.

Mais non ! des nattes... en paille de riz.

THÉODULE.

Du riz ! Toujours du riz ! oh ! Un plat de **n'importe** quoi pour un quart d'heure seulement !

GOUPILLARD.

Ça va nous servir à cacher les pauvres diables à qui nous avons procuré le bonheur de la vie éternelle.

MACHICOT.

Compris !

GOUPILLARD.

Aidez-nous !

THÉODULE.

Allons ! Encore cet effort !

Ils jettent des nattes sur les corps des Tonkinois.

GOUPILLARD.

Là ! Et maintenant, ni vu ni connu !

THÉODULE, se révoltant.

Ah çà ! je voudrais bien savoir pourquoi vous m'avez amené dans ce coupe-gorge ?

GOUPILLARD.

Pour repincer notre prisonnier, parbleu !

THÉODULE.

Quel prisonnier ?

MACHICOT.

Lyeou-Yuen-Fou ! v'là un nom difficile à articuler !

THÉODULE.

Il s'est donc évadé ?

GOUPILLARD.

Ah ! oui ! le chenapan !

MACHICOT.

Et en nous faisant faire une course à travers les arbres...

GOUPILLARD.

Et à travers le fleuve Rouge. Dame, c'est nous qui sommes responsables du bonhomme.

MACHICOT.

Nous deux.

GOUPILLARD.

J'ai dit à Machicot : En avant, ma vieille.

MACHICOT.

Et j'ai emboîté le pas à Goupillard !

SYMPHORIEN.

Je me suis trouvé sur votre route, vous m'avez proposé
d'être de la partie, j'ai accepté ! puisque je suis ici pour
faire la noce (A Théodule.) Nous vous avons rencontré...

THÉODULE.

Oui ! j'étais absorbé par l'étude d'une convolvulacée à
feuille carpellaire... et quand vous m'avez dit de vous
suivre, j'ai obéi sans savoir où j'allais ! Mais ce que vous
m'avez fait trotter...

GOUPILLARD.

Ah ! dame ! il s'agissait de suivre le gibier à la piste.

THÉODULE.

Eh bien ! où est-elle votre piste ? vous l'avez perdue.
Nous nous exposons inutilement... nous ne ramènerons
pas votre prisonnier et j'ai bien peur que nous ne rame-
nions même pas nos propres personnes !

GOUPILLARD.

Pour ce qui est de nous, je n'en sais rien ! et je m'en
moque ! mais pour ce qui est de mon prisonnier, il viendra ici, c'est certain !

THÉODULE.

Alors, si vous êtes si sûr... attendons !

Rumeurs éloignées.

MACHICOT.

On se dirige de ce côté !

THÉODULE.

Nous sommes découverts ! c'est fini ! oh ! ma noble carrière !

GOUPILLARD.

Allons, en faction ! Et dissimulons nos binettes du mieux que nous pourrons !

Ils prennent les places des Tonkinois.

SCÈNE III

LES MÊMES, CHÉ-KAO, HOGARTH, PAVILLONS-NOIRS.

CHÉ-KAO, à Hogarth, qui le suit.

Nous voici à la pagode. Parle, qu'y a-t-il ?

Des Tonkinois allument de nouvelles torches.

HOGARTH.

Au point du jour, les Français marcheront sur vous !

GOUPILLARD, à part.

Nom d'un marsouin ! C'est l'English !

CHÉ-KAO.

Dis-tu vrai ?

HOGARTH.

Ils viendront par le sentier des rizières.

CHÉ-KAO.

Qui le leur a indiqué ?

HOGARTH.

Moi !

CHÉ-KAO.

Toi ?

HOGARTH.

Oui !

MACHICOT, à part.

Canaille, va !

HOGARTH.

Il faut avertir Schong.

CHÉ-KAO.

Oh ! sois tranquille ! il le saura !

HOGARTH.

Les Français espèrent vous surprendre. Ne les laissez pas arriver jusqu'ici. Embusquez-vous à mi-chemin ; cachez-vous dans les hautes herbes... derrière les arbres, les haies... les accidents de terrain !... que rien ne puisse trahir votre présence... et lorsqu'ils seront à portée de vos armes, tuez, tuez, tuez tout sans pitié ! les officiers surtout : que personne ne puisse porter à la citadelle la nouvelle de leur désastre.

THÉODULE, qui est venu à côté de Goupillard.

Ah ! le brigand ! comme j'ai envie de lui tordre le cou.

GOUPILLARD, à Théodule.

Eteignez vos instincts sanguinaires.

THÉODULE.

J'éteins.

CHÉ-KAO, à Hogarth.

Si tu dis vrai, tous mourront.

SYMPHORIEN, près de Machicot.

Heureusement que nous sommes là ! Hein ?

MACHICOT, à Symphorien.

Oh ! ma chique !

CHÉ-KAO.

Mais comment as-tu pu...

HOGARTH.

Les décider à cette sortie ? Je leur ai dit que je connaissais votre campement... je leur ai proposé de les guider en leur affirmant qu'ils vous anéantiraient tous ! J'ai su faire miroiter à leurs yeux la certitude d'une grande victoire. Ils n'ont point hésité ! La sortie aura lieu au point du jour ! Comprends-tu, à présent, pourquoi je suis ici ?

SCÈNE IV

LES MÊMES, LYEOU-YUEN-FOU, suivi de soldats.

LYEOU.

Pour nous trahir encore !

CHÉ-KAO.

Lyeou-Yuen-Fou ! Libre ! il est libre !

GOUPILLARD, à part.

Mon prisonnier !

LYEOU.

Oui, Lyeou-Yuen-Fou, qui vient punir un traître !

HOGARTH, à part.

Que dit-il ?

LYEOU.

Ah ! tu ne m'attendais pas, Hogarth ! Tu me croyais bien perdu, n'est-ce pas ? Et tu t'en réjouissais, peut-être ! Approchez tous !... vous voyez bien cet homme ? C'est lui, lui seul, qui est cause de notre défaite à Hanoï.

TOUS.

Ah !

MACHICOT, à part.

Y va écopper, l'English !

LYEOU, continuant.

Il nous a trahis, vendus, le misérable ! Peut-être porte-
t-il encore sur lui le prix de son infamie ! c'est lui qui a
introduit nos ennemis dans la citadelle.

TOUS.

Mort au traître !

LYEOU.

Oui ! mort au traître ! J'ai pu m'échapper et arriver à
temps pour faire justice.

GOUPILLARD, à part.

Tu vas la danser, mon bonhomme.

HOGARTH.

Tu m'accuses, moi ?

LYEOU.

Vas-tu essayer de te défendre ?

HOGARTH.

Des preuves ? donne-moi seulement une preuve ?

LYEOU.

Je t'ai entendu !

HOGARTH.

Tu m'as entendu ?

LYEOU.

A travers la porte qui séparait mon cachot du poste
où le chef français t'interrogeait.

HOGARTH, à part.

Je suis perdu !

SYMPHORIEN, à part.

Pincé l'English.

LYEOU.

Tu sais le supplice qui t'attend ?

HOGARTH.

Je sais que je suis venu vous rendre un service, vous

ne m'avez pas payé, je suppose? Je sais aussi que l'a-
mour de votre indépendance m'a amené au milieu de
vous...

LYEOU.

L'amour de notre indépendance ! Allons donc ! tu as
trahi, tu mourras !

HOGARTH.

Frappe donc ! Aussi bien, je suis las de tes accusations.
Frappe et demain, les Français que je devais t'amener, les
Français, qui n'auront plus de guide, attendront patiem-
ment dans leurs retranchements les secours d'Europe et
plus tard vous extermineront tous. Frappe, fais-toi bourreau !... commets un crime en me tuant.

LYEOU.

Un crime? Et depuis quand est-ce être criminel que de
punir un traître? Décidément, tu es fou et la peur te fait
divaguer.

HOGARTH.

La peur? Non, je n'ai pas peur ! je te rappelle seulement
que moi mort, personne ne saura guider les Français dans
le piège.

CHÉ-KAO.

J'irai à ta place, moi ! Et je leur dirai que c'est toi qui
m'as envoyé vers eux.

LYEOU.

Tu vois comme tout s'arrange, traître.

TOUS.

A mort ! à mort !

Ici Schong paraît.

LYEOU.

Tu entends? ils réclament ta mort ! la mort des espions; la cangue, le bûcher, les tenailles de fer ! qu'on
prépare tous ces instruments de torture. Je voudrais pouvoir en inventer d'autres ! c'est un lâche ! c'est un traître !
c'est...

SCÈNE V

LES MÊMES, SCHONG.

SCHONG, s'avançant.

C'est ton père!

LYEOU, avec un cri.

Ah! Schong! que dis-tu?

SCHONG.

La vérité! Lyeou-Yuen-Fou, tu es le fils de cet homme

HOGARTH, à part, poussant un soupir de soulagement.

Mon fils! lui! je suis sauvé!

SCHONG.

C'est à moi qu'il t'avait confié, il y a vingt ans, pour t'abandonner sur une route à la charité des passants. Je t'ai élevé, je t'ai fait ce que tu es, me réservant toujours de te nommer celui qui t'a mis au monde! voilà ton père! Tue-le si tu veux!

LYEOU.

Le fils de cet infâme! moi? jamais! jamais! N'est-ce donc point assez d'avoir subi ma vie, sans avoir encore la honte d'un père comme lui? Oui, j'ai été misérable. Oui! j'ai mené l'existence du sauvage! Oui! j'ai volé, pillé et tué!... j'avais l'excuse de la misère, j'avais l'amour de l'indépendance! Tant pis pour mes ennemis! C'est à visage découvert que je les ai attaqués et en exposant ma vie! mais, lui, lui! c'est dans l'ombre, c'est à l'abri des mensonges qu'il a mené à la boucherie une armée entière! Et c'est encore à l'abri d'un mensonge qu'il en conduit une autre. Et cet homme serait mon père? Non, je ne veux pas le croire!... je ne le veux pas!

SCHONG.

Lyeou-Yuen-Fou, tu es le chef suprême ici; tes ordres

seront exécutés sans murmures! mais je viens à toi sachant ce que je dis. Je te le répète : celui-là est ton père, tu es le juge, agis selon ta conscience.

LYEOU, à Hogarth.

Ainsi, c'est vrai, je suis ton fils et tu me déshonores aux yeux des miens! ce n'était donc pas assez de m'avoir jeté faible dans la vie; tu avais hâte de ma mort! La nature me commande de t'aimer et tu fais mentir la nature! Tu es là, devant moi, et je te contemple, avec mépris! tu es mon père, toi, et tu es la cause vivante de mes angoisses et de mes crimes. Je ne te jugerai pas... je te frapperai!... Le père a droit de mort sur le fils qui le déshonore... il doit y avoir réciprocité! Prépare-toi à mourir.

TOUS.

Lyeou!

LYEOU.

Ah! c'est horrible!... Et de quel crime suis-je né? Quelle est la malheureuse qu'il a torturée pour me mettre au monde?... Il a dû la tuer!... Sans cela, je l'aurais connue ma mère... une mère n'abandonne pas son enfant! Parle! mais réponds donc!

HOGARTH.

Je n'ai rien à te dire !

SCHONG.

Ta mère était française! il l'a enlevée à son mari qu'il a fait assassiner et la malheureuse est morte de douleur, de désespoir et de honte.

LYEOU.

Son nom? Dis-moi son nom.

SCHONG.

Elle se nommait Cécile Dautreuil!

MACHICOT, à part.

Ah!

8

GOUPILLARD, à part.

Je me souviens!

THÉODULE, à part.

Dautreuil!

GOUPILLARD, bas.

Silence!

LYEOU.

Ah! je te le jure, ma mère, je te vengerai!

SCHONG.

Chasse-le comme il t'a chassé!

LYEOU.

Tu me conseilles de le laisser vivre?

SCHONG.

Oui!

LYEOU.

Mais s'il nous trahit encore?

SCHONG.

Nous saurons le retrouver et cette fois, il mourra!

LYEOU.

Pars!

HOGARTH, à part.

Ah!

LYEOU.

Amène les Français sous nos coups; et peut-être un jour te pardonnerai-je ma naissance, mais, jusque-là, ne dis à personne que tu es mon père! je ne pourrais pas supporter une telle honte. Va-t'en! va-t'en!

Hogarth sort en courbant la tête.

SCÈNE VI

LES MÊMES, moins HOGARTH.

LYEOU.

Mes braves compagnons, l'ennemi va marcher sur
nous, puis-je toujours compter sur votre vaillance?

TOUS.

Oui! oui!

LYEOU.

La bataille qui va s'engager peut être décisive ; pas de
faiblesse! vaincre ou mourir!

TOUS.

Nous vaincrons!

LYEOU.

En avant! au chemin des rizières!

TOUS.

Au chemin des rizières!

                                    Ils sortent par la droite.

SYMPHORIEN, bas.

Nos amis sont perdus!...

THÉODULE, de même.

Oh! ma femme!...

MACHICOT.

. Oh! ma chique!

THÉODULE.

Quel parti prendre?

GOUPILLARD.

Il est pris! Suivez le camarade! (Il désigne Symphorien.)
Quand vous serez arrivés où ils doivent s'embusquer, di-

rigez-vous vers les nôtres, vous les guiderez et leur indiquerez la position que les Pavillons-Noirs occuperont !
Quant à nous, Machicot, des jambes, mon fiston !

MACHICOT.

Je t'emboîte, ma vieille !

SYMPHORIEN.[1]

J'ai saisi : pris entre deux feux !

GOUPILLARD.

Tu y es, mon petit ! Allons, Machicot!

MACHICOT.

Je te suis, Goupillard !

Ils sortent par le fond.

THÉODULE, à Symphorien.

Et nous?...

SYMPHORIEN.

Au chemin des rizières!

Ils suivent les derniers Pavillons-Noirs qui sortent par la droite.

Changement.

HUITIÈME TABLEAU

LA MORT DU COMMANDANT

Le chemin des rizières. Hautes herbes ; forêt de bambous ; accidents de terrain.

Il fait petit jour.

On voit les Pavillons-Noirs arriver, en silence, et sur les signes muets de Lyeou, se répandre dans les hauteurs et peu à peu disparaître.

SCÈNE PREMIÈRE

LYEOU, puis SCHONG.

LYEOU.

Oh! que dans le combat, je me trouve face à face avec celui qui m'a enlevé Nittia! Je le tuerai. Ils tomberont tous ici; mais je veux avoir la joie de le frapper, lui, qui a son amour! lui, qui a fait passer mon cœur par tant de tortures. (A Schong qui entre en se glissant par la droite.) Eh bien?

SCHONG.

Les voilà! ils approchent.

LYEOU.

Il n'avait pas menti!

Ils se dissimulent au fond.

81

SCHONG.

Tous nos hommes sont embusqués?

LYEOU.

Oui! que personne ne fasse feu avant mon signal. Que les ennemis viennent ici, qu'ils s'y établissent et ils sont à nous.

SCHONG, qui regarde.

Ah!

LYEOU.

Qu'y a-t-il?

SCHONG.

Les vedettes!

LYEOU.

La revanche d'Hanoï, trahison contre trahison. Ils nous ont surpris! A notre tour!

Ils se cachent.

SCÈNE II

LES MÊMES, cachés, LE COMMANDANT MICHELIN, SOL-
DATS entrant en tirailleurs, puis le gros de l'escouade, LU-
CIEN, HOGARTH, ÉLODIE, THÉODULE, SYMPHORIEN,
GOUPILLARD, MACHICOT.

Hogarth entre le premier, s'assure que tout est silencieux, agite
son chapeau pour appeler les Français, puis disparaît à droite,
deuxième plan.

LE COMMANDANT, suivi de Lucien, parle au premier plan.

Les canons ici... et les tirailleurs en avant!
On établit les canons; les tirailleurs se disposent à partir en avant,
une décharge se fait entendre.

LYEOU, criant.

En avant! (Les Pavillons-Noirs envahissent la scène et se précipitent sur les canons, le commandant, quelques officiers et des soldats les défendent, les Pavillons-Noirs vont s'emparer des pièces de canon quand des renforts arrivent par la gauche. — Les clairons sonnent la charge, les Pavillons-Noirs reculent vers le fond.) Nous sommes tournés!... Battons-nous quand même.

Mêlée générale.

GOUPILLARD, criant à Machicot tout en se battant.

D'aplomb, Machicot!

MACHICOT, de même.

J' travaille à mes pièces, Goupillard!

Ils repoussent des Pavillons-Noirs au centre.

ÉLODIE, se battant également.

Un Tonkinois! Il me faut un Tonkinois!

HOGARTH, revenant par le premier plan de droite et voyant Lucien.

Ah! lui! lui!

Il le met en joue, mais avant qu'il ait le temps de tirer, Élodie le met également en joue.

ÉLODIE.

Ah! canaille! (Elle fait feu, il tombe.) C'est l'Anglais, ce n'est pas un Tonkinois.

LUCIEN, qui a tout vu.

Je vous dois la vie, ma tante.

ÉLODIE.

Tu me la rendras plus tard... Un Tonkinois! un Tonkinois! Il m'en faut un! Il m'en faut un! Ah! celui-là! (Elle se trouve derrière Théodule et le tire par sa tresse qui lui reste à la main.) Ah! du postiche.

THÉODULE, se retournant.

Ma femme!

ÉLODIE.

Théodule.

THÉODULE.

Dans mes bras.

ÉLODIE.

Un Tonkinois, jamais!

Ils remontent en discutant. — Le combat continue.

LE COMMANDANT.

En avant, mes braves! et vive la France!

Entouré de ses matelots il s'élance sur les Tonkinois parmi lesquels est Lyeou.

LYEOU.

A moi, les Pavillons-Noirs!...

Il tire sur le commandant.

LE COMMANDANT.

Ah!... je suis blessé!...

LUCIEN.

Soldats! la victoire nous reste!

LE COMMANDANT, *soutenu par Goupillard et Machicot.*

La victoire! C'est au cri de victoire que je meurs! (Désignant le drapeau.) Le drapeau! le drapeau! (Voyant Lucien qui le prend.) Ah! vive la France!

Il meurt.

LUCIEN.

Mort! (Aux soldats.) Portez armes! Présentez armes! (Il salue de l'épée.) Commandant, même à cinq mille lieues, la France te suit, t'honore et te vengera!

Il étend le drapeau sur le corps du commandant. Les soldats présentent les armes, les clairons sonnent aux champs.

Rideau.

ACTE CINQUIÈME

NEUVIÈME TABLEAU

TIBA

L'intérieur d'une habitation construite en bambous et en joncs. Entrée principale au fond. Porte à gauche.

SCÈNE PREMIÈRE

GOUPILLARD, MACHICOT, THÉODULE, SYMPHORIEN, ÉLODIE, puis UN CAPITAINE DE FRÉGATE.

Au lever du rideau, Élodie écoute à la porte de gauche.

THÉODULE.

Que dit le chirurgien?

ÉLODIE.

Pas grand'chose!

SYMPHORIEN.

Pauvre Tiba!

GOUPILLARD.

Casser sa pipe au moment où elle retrouve sa fille, c'est pas de veine.

MACHICOT.

Oh! ma chique!

THÉODULE.

Casser sa pipe! casser sa pipe... rien ne le prouve!
C'est après le pansement que le chirurgien doit se pro-
noncer.

ÉLODIE.

J'aurai du moins vengé la pauvre femme, si elle suc-
combe!

SYMPHORIEN.

Ça lui fera une belle jambe!... décidément, je regrette
le boulevard Montmartre.

LE CAPITAINE DE FRÉGATE, suivi d'officiers.

Venez, messieurs, c'est ici!

TOUS.

Le commandant!

LE CAPITAINE.

Le lieutenant Dautreuil?

GOUPILLARD.

Il est là, mon commandant, dans la pièce à côté. (Appelant doucement à gauche.) Mon lieutenant.

SCÈNE II

LES MÊMES, LUCIEN.

LUCIEN.

Qui me demande?

LE CAPITAINE.

Moi!

LUCIEN, saluant.

Mon commandant!

LE CAPITAINE.

Lieutenant, où sont les quatre braves dont les noms ont été mis à l'ordre du jour.

LUCIEN.

Les voici, mon colonel!

Il désigne Théodule, Machicot, Goupillard et Symphorien.

LE CAPITAINE.

Mes braves, sans votre initiative, sans votre courage et votre présence d'esprit, nous tombions dans le piège que l'ennemi nous avait tendu.

GOUPILLARD, SYMPHORIEN, MACHICOT.

Commandant!

LE CAPITAINE.

Mais je ne vois que trois militaires.

ÉLODIE.

Le quatrième militaire est un simple botaniste, commandant!

MACHICOT.

Un pékin.

THÉODULE.

C'est moi, commandant.

LE CAPITAINE.

Vous, monsieur?

THÉODULE.

Ma femme crie partout que je suis un foudre de guerre, je ne pouvais pas faire mentir ma femme et j'ai cherché à me rendre utile.

LE CAPITAINE.

Merci, monsieur, merci! votre conduite est d'autant plus belle que vous n'étiez pas obligé, comme civil, de marcher à l'ennemi!

THÉODULE.

Ah! pardon, commandant! il ne faut pas me faire plus

grand que je ne le suis. J'ai marché, c'est vrai! Mais en-
traîné par ce trio de braves. Ils ont donné l'élan. J'ai
suivi. Une fois sur la pente, il a bien fallu glisser et j'ai
glissé. Mais voilà les vrais héros de la journée!

ÉLODIE.

Quelle générosité dans le triomphe!

GOUPILLARD.

Rien ne m'empêchera de dire que vous êtes un rude
lapin! Oh! mon commandant, quel lapin!

LE CAPITAINE.

Au nom de toute l'armée, je vous félicite!

ÉLODIE.

Ah! quelle gloire! moi, félicitée au nom de l'armée!

THÉODULE.

Non! pas toi! moi!

ÉLODIE.

Toi et moi! moi et toi... ça ne fait qu'un!

THÉODULE.

Au fait, c'est vrai, puisque nous sommes unis sous le
régime de la communauté!

LE CAPITAINE.

Messieurs! les Pavillons-Noirs sont en fuite et ne se ral-
lieront pas de bientôt, je l'espère. Néanmoins, j'ai encore besoin de toute votre abnégation et de tout votre
courage!

ÉLODIE.

Ils vous sont acquis, commandant! Je vous réponds
de mon mari, de mon neveu et de moi comme d'un seul
homme!

LE CAPITAINE.

Merci, madame! j'y compte. Venez, messieurs!

Il sort avec les officiers.

SCÈNE III

LUCIEN, ÉLODIE, THÉODULE, SYMPHORIEN, GOUPIL-
LARD, MACHICOT, puis LE CHIRURGIEN et NITTIA.

ÉLODIE, à Lucien.

Eh bien! la pauvre Tiba?

LUCIEN.

La blessure est fort dangereuse; cependant, le docteur
espère.

LE CHIRURGIEN, suivi de Nittia.

Oui, j'espère... mais à la condition que la malade n'é-
prouvera aucune émotion violente. Les appareils que je
viens de poser ne doivent être enlevés par moi que dans
deux jours. D'ici là, pas un mouvement ou c'est la mort!

NITTIA.

Oh! je la veillerai... Je la garderai celle qui a tant souffert pour moi, je ne veux pas la quitter un instant!

LE CHIRURGIEN.

Au contraire, laissez-la reposer un peu!

LUCIEN.

Je ne vous quitte pas, Nittia. Je veux vous aider dans
votre noble tâche!

ÉLODIE, à part.

Oui! on sait ce que ça veut dire! (Haut.) Suivez-moi,
vous autres!

GOUPILLARD, à Machicot.

Il ne s'endort pas, le lieutenant!

MACHICOT.

Je t'écoute!

Tous sortent.

9

SCÈNE IV

LUCIEN, NITTIA.

NITTIA.

Quelle destinée que la mienne! Suis-je assez malheu
reuse? je retrouve ma mère et, peut-être n'est-ce que
pour la perdre à jamais!

LUCIEN.

Du courage, Nittia!

NITTIA.

J'en ai eu! Mais je suis à bout de force! A quoi sert lut-
ter, quand la destinée est là qui vous attire! Quand vous
la devinez... quand vous savez qu'elle ne vous réserve
que de nouvelles peines, que de nouvelles angoisses!

LUCIEN.

Calmez-vous, je vous en conjure!

NITTIA.

Ah! je porte malheur à tous ceux qui m'approchent!

LUCIEN.

La douleur vous égare!

NITTIA.

Si ma mère mourait, que deviendrais-je?

LUCIEN.

Moi et les miens, nous vous protègerions!

NITTIA.

Me protéger! Pourquoi? A quel titre? Que serais-je
pour vous? Ce que je suis aujourd'hui : une inconnue,
digne tout au plus d'une pitié passagère. Mais après? Il
faudrait compter avec le monde, avec votre civilisation.
Vous partirez. Bientôt, vous retournerez en France, votre

pays. Si le malheur, s'acharnant encore après moi, me rendait orpheline et, cette fois, sans espoir de retrouver celle à qui je dois ma triste existence, vous suivrais-je? Non! trop fière pour consentir à devoir ma vie à la charité, je préférerais mourir dans ce pays où la misère passe sans qu'on l'insulte, où la douleur éclate sans qu'on en recherche la cause.

LUCIEN.

Nittia! Vous ne m'avez donc pas compris? Vous ne m'avez donc pas deviné? Vous quitter?... Vous abandonner? Est-ce possible, cela?

NITTIA.

Il le faut, pourtant!

LUCIEN.

Il le faut, dites-vous? Mais je vous aime, moi!

NITTIA.

Vous m'aimez?

LUCIEN.

Oui! Je vous aime, Nittia! Je vous aime parce vous avez souffert et aussi parce que vous m'aimez!

NITTIA.

Ah! je ne vous l'ai pas dit!

LUCIEN.

L'amour n'a pas besoin d'aveu, Nittia. Si le sort vous enlevait votre mère, elle vous léguerait à moi pour qui elle meurt... car c'est en se dévouant à ma vengeance qu'elle a exposé sa vie; qu'elle a répandu son sang!

NITTIA.

C'est de la compassion, cela!

LUCIEN.

Nittia, vous serez ma femme. Vous porterez mon nom!

NITTIA.

Mon Dieu! Est-ce un rêve?

LUCIEN.

Non! c'est la réalité! De ce jour, Nittia, nous sommes l'un à l'autre... Nous ne nous quitterons plus... notre amour sera éternel!

SCÈNE V

LES MÊMES, LYEOU.

LYEOU.

Jamais!

NITTIA.

Ah!

LUCIEN.

Lyeou-Yuen-Fou!

LYEOU.

Oui! Moi! qui viens t'arracher Nittia!

NITTIA.

Lucien! Lucien! j'ai peur! Protégez-moi!

LUCIEN.

Ne craignez rien!

LYEOU.

Cette jeune fille m'appartient! Elle est ma fiancée!

NITTIA.

Ne le croyez pas, Lucien! Ne le croyez pas!

LYEOU.

Écoute! Et toi aussi, Français: Je suis venu ici bravant tous les obstacles, défiant la mort. Je vous ai guettés, suivis, et j'arrive pour te dire: Nittia ou ta vie!

LUCIEN.

Viens donc la prendre!

Il met l'épée au poing.

LYEOU, armant un pistolet.

Insensé! Meurs donc!

SCÈNE VI

LES MÊMES, TIBA, pâle, chancelante.

TIBA.

Arrête!

NITTIA, courant à elle.

Ah!

LUCIEN.

Malheureuse! Que faites-vous?

TIBA.

Je viens empêcher deux frères de s'égorger!

LUCIEN.

Deux frères!

LYEOU.

Que veux-tu dire, femme?

TIBA.

Que celui-là se nomme Lucien Dautreuil. Que la même mère vous a donné le jour!

LUCIEN.

Ah!

LYEOU.

Tu mens, femme! Dis donc que tu mens!

TIBA.

On ne ment pas quand on est près de la tombe! (Découvrant son épaule ensanglantée.) Regarde!

TOUS.

Ah!

NITTIA.

Oh! mère! mère! Qu'as-tu fait ?

TIBA.

Mon devoir. Et, maintenant, frappez-vous, si vous l'osez !

LYEOU.

Ah! C'est trop ! c'est trop!... Lui ! mon frère! Eh! que m'importe, après tout! Me traite-t-il en frère, lui? Non! il me prend celle que j'aime ! La seule créature au monde capable de faire vibrer en moi un sentiment humain. Que suis-je pour lui? Un chef de bandits! Allons donc! Je ne suis le fils de personne! Si notre mère était là, qui choisirait-elle de lui ou de moi ? Lui, n'est-ce pas ? Je peux la renier aussi... Elle m'a donné la vie et je l'exècre !

LUCIEN.

Ah! tais-toi! tais-toi !

NITTIA.

Lucien!

TIBA.

Malheureux ! tu as blasphémé !

LYEOU.

Ah!... ah! c'est horrible! c'est... (Sanglotant.) Ah! ah! ah! Ma mère! ma mère!

LUCIEN.

Au nom de celle qui nous a tous deux portés dans son sein; au nom de celle qui est morte en nous aimant tous deux, frère, je te pardonne!

Il lui tend la main, Lyeou se retourne.

TIBA.

Écoute, Lyeou. J'ai vu mourir ta mère et je te jure qu'elle n'a eu pour toi que des paroles d'amour. C'est elle qui te parle par ma voix. C'est elle qui te dit : je veux qu'ils s'aiment !

LYEOU.

Tu me demandes de les laisser s'aimer... Mais c'est plus que ma vie.

TIBA.

Elle ordonne! elle commande!

LYEOU.

Oui! oui!... J'obéis! je m'incline! adieu, Nittia! Pense quelquefois au pauvre réprouvé..., et, si parfois, une larme monte à tes yeux, ne l'essuie pas... Laisse-la tomber... elle ne sera pas perdue, va... mon cœur la recevra!

LUCIEN.

Mon frère!

LYEOU.

Adieu! adieu pour toujours!

Il sort.

SCÈNE VII

LES MÊMES, moins LYEOU, puis ÉLODIE, GOUPILLARD, THÉODULE, MACHICOT, SYMPHORIEN.

TIBA, se soutenant à peine.

Nittia... Ne me quitte pas... mes yeux s'obscurcissent... je vais mourir!

NITTIA.

Non! non!

TIBA.

Je le sens... la vie m'échappe... Dieu me rappelle à lui... que sa volonté s'accomplisse. Lucien! les vôtres sont vengés... Ai-je tenu mon serment?

LUCIEN.

Oui! oui! Mais vous vivrez! vous vivrez! (Criant.) Quelqu'un! Du secours! du secours!

ÉLODIE, accourant suivie des autres personnages.

Qui appelle ? Lucien !

LUCIEN.

Venez vite ! vite ! Elle se meurt !

ÉLODIE.

Tiba !

TIBA.

Ne pleure pas, enfant... je ne pouvais plus vivre, vois-tu... j'ai tant souffert... Il m'a tuée, lui... le bourreau... mais je t'ai embrassée... je t'ai serrée sur mon cœur... je t'ai appelée ma fille !

ÉLODIE.

Pauvre Tiba !

TIBA.

Madame... je vous la confie... Veillez sur elle... proté-gez-la !

ÉLODIE.

Je vous le jure !

TIBA.

Merci ! merci !... Nittia... ta main... ton front que je t'embrasse une dernière fois !

NITTIA.

Ah ! ma mère ! ma mère !

TIBA.

Adieu... je... je meurs heureuse !

Elle meurt.

NITTIA, poussant un cri.

Ah !

Elle tombe à genoux. — Changement.

DIXIÈME TABLEAU

LA PLACE DE SONG-TAY

Le théâtre représente la ville de Song-Tay pavoisée aux couleurs
françaises. — L'armée est sous les armes.

SCÈNE UNIQUE

LE CAPITAINE.

Soldats! La terreur inspirée par quelques milliers de
braves nous a donné la victoire. Les débris de ces bandes
qui, sous le nom de Pavillons-Noirs, désolent encore ce
pays, seront chassés, poursuivis et anéantis. Soldats!
vous avez bien mérité de la patrie!

TOUS.

Vive la France !

FIN

Imprimerie générale de Châtillon sur-Seine. — A. Pichat.